Widmung

Gisela Rieger

Zauberhafte Momente

Geschichten, die das Leben schreibt

Erzählungen - Weisheiten - Zitate

Zauberhafte Momente

Geschichten, die das Leben schreibt

Autor: Gisela Rieger

Lektorat: menani

Bilder: istockphoto.com:

Rastan (Cover), Oleh_Slobodeniuk (11), knape (13), alekseystemmer (15), jacoblund (17), leezsnow (19), pixelfit (21), tupungato (23), inakiantonana (25), monstArrr_ (27), anandaBGD (29), altmodern (31), NataliaDeriabina (33), gemenacom (34), turk_stock_photographer (35), FORGEM (37), dohtar (39), solidcolours (41), jaturonoofer (43), AlinaMD (45), makasana (47), Mathisa_s (49), Jordi Lopez Dot (51), kertlis (53), smiltena (55), vernonwiley (57), lovelyday12 (58), Lukas Bischoff (61), Dovapi (63), Bassador (65), wastesoul (69), Imo (70), Kerrick (73), Jan-Otto (75), Avalon_Studio (76), unalozmen (77), foto-ruhrgebiet (79), ArisSu (81), PaulBiryukov (83), Creativemarc (84), tenkende (85), Ababsolutum (87), elise_kurenbina (88), Floortje (89), cassinga (91), Nastco (92 / 93), gehringj (95), JoKMedia (96), nata_zhekova (99 / 101), aydinmutlu (103), dibrova (106), Neustockimages (109), IvanJekic (111), Photoboyko (113), jakkaje808 (114), avdeev007 (117), xijian (119), Biletskiy_Evgeniy (121), Miiicha (122), Zocha_K (125), AleksandarGeorgiev (127), Suphaporn (131), Givaga (135), Elena Shutova (136), Trout55 (139), tortoon (141), Sirintra_Pumsopa (143), ArisSu (145), PeopleImages (147), Ellerslie77 (149), Michael Burrell (150), Peshkova (153), Di_Studio (155), wildpixel (157), artisteer (159), nikitje (161), swissmediavision (163), zoom-zoom (S. 166, 167), Ae11615 (S. 168), Rastan (S. 169), mycola (S.171), ValentynVolkov (S. 173), enter89 (S.174), Melpomenem (S. 175), golero (S. 176)

Weitere:
Grafikdesign Storch/ Shutterstock (133), Bühler (S. 166), Thor (S. 167),
Holz (S. 168), Rieger (S. 169), spieltalent & trendtalent GmbH, Eching (176)

Layout & Satz: Applevillage Werbeagentur, D. Höfler, www.applevillage.de

Druck: Eberl & Kœsel Krugzell, Printed in Germany

Auflage: 5. Auflage, ISBN Nr. 978-3-941633-55-1

menani

menani GmbH
Eichbergstraße 13 • D-86935 Rott am Lech
Tel. +49 8869 911 83-0 • Fax +49 8869 911 83-18
info@menani.com • www.menani.com

Vorwort

Das Geheimnis des Lebens ist nur schwer zu lichten,
du aber horche auf die Worte der Geschichten.
In Märchen, Sagen und Erzählungen
aus vergangenen und heutigen Tagen
lässt sich Geheimstes besser sagen!

Nach Rumi

Liebe Leser,

meine Begeisterung für Geschichten begleitet mich seit meiner Kindheit durchs Leben.

Mit diesem Buch möchte ich Sie in die „Welt der Geschichten" entführen. In fast allen schriftlosen Kulturen war der Geschichtenerzähler ein Medium zur Weitergabe von Wissen und Weisheiten.

Geschichten sind wie eine Reise zum Unterbewusstsein. Eigene Bilder und Erkenntnisse prägen sich schnell und anhaltend ein. Deshalb verwende ich in meinen Seminaren, Workshops und Trainings gerne themenbezogene Geschichten.

In diesem Buch finden Sie neue Geschichten und eine erlesene Auswahl an Texten aus meinen früheren Büchern. Lassen Sie sich davon berühren, verzaubern und inspirieren.

Ihre Gisela Rieger

Inhalt

10	Meine Lebensreise
12	Das Gewicht einer Teetasse
14	Das Ei des Kolumbus
16	Mein großes Vorbild
19	Ein unverschämter Brief
20	Das Bewerbungsgespräch
22	Wahre Größe
24	Meine besten Freundinnen
26	Ein besonderer Service
28	Der letzte Tante-Emma-Laden
30	Ein Baum erzählt seine Geschichte
32	Selbstverständlichkeiten
34	Den Stecker ziehen
35	Aller Anfang ist schwer
36	Die Bank unter den Eichen
38	Der Kreislauf des Geldes
40	Der „beste" Empfehlungsbrief
42	Die geteilte Mahlzeit
44	Geschwister Liebe
45	Begrüße den anbrechenden Tag
46	Gerechte Entlohnung
48	Die Früchte des Baumes
49	Glück & Zufriedenheit
50	Das weiße Kieselsteinchen
52	Was ist Erfolg?

Die Kunst der Gemeinsamkeit 53
Das Erfolgsgeheimnis 54
Vertraue auf deine Stärken 56
Kraft der Gedanken 58
Der Wert eines Lächelns 59
Gehe deinen eigenen Weg 60
Eine etwas andere Art von Therapie 62
Die Traumdeuter 63
Der „Rechte Weg" 64
Leben und leben lassen 66
Ein altbewährtes Hausmittel 67
Ein Stau zur richtigen Zeit 68
Die geliehenen Bücher 70
An der richtigen Stelle anfangen 71
Eine andere Art von Predigt 72
Dankbare Reporter 74
Versammlung der Tiere 76
Brot und Oliven 77
Die Sonnenseite des Lebens 78
Ein ehrlicher Schmuggler 80
Der tollste Papa 81
Der Glaube einer Mutter 82
Marktforschung 84
Geschickte Fragestellung 85
Ein Bayer an der Himmelspforte 86

Inhalt

88 Ein besonderes Geschenk

89 Teamarbeit

90 Das Weihnachtsmärchen

92 Gewinn auf beiden Seiten

93 Nur drei Worte

94 Zeit ist Geld

96 Im Rahmen der Möglichkeiten

97 Sichtweisen

98 Das Bild vom Sohn

102 Verborgene Schätze

104 Wie sehen Diebe aus?

105 Strategiewechsel

106 Was das Glück zerstört

107 Verkaufen will gelernt sein

108 Ein rauschendes Fest

110 Kann man mit Geld alles kaufen?

112 Des Nachbars Kaninchen

114 Verlässliche Wettervorhersage?

115 Wie sind wohl die Nachbarn?

116 Vertauschte Rollen

118 Die heutige Jugend

120 Der Besitz von Erde

122 Ein Lebenswerk

123 Andere Länder, andere Sitten

Zur richtigen Zeit 124
Ein unvergesslicher Tag 126
Herzensgüte auf dem Prüfstand 129
Was Freundschaft bewirken kann 130
Auf keinen grünen Zweig kommen 132
Die Macht der Sorgen 134
Die „Sonnen-Rose“ 136
Ich möchte dich lieben ... 137
Selber wissen, was richtig ist ... 138
Der passende Schlüssel 140
Zum Nachdenken 142
Die Gedanken sind frei 143
Die geheimnisvolle Türe 144
Die Geschichte der Menschheit 146
Einzigartigkeit braucht keinen Vergleich 148
Ein Tau mit drei Enden 150
Mit anderen Worten 151
Eine kleine Geldbörse 152
Die Kunst der kleinen Schritte 154
Die etwas andere Rechnung 156
Konkurrenz 157
Das Wunderkästchen 158
Spuren im Schnee 160
Auf dich kommt es an 162
Die Autorin, Dank und Verlagsprogramm, ab Seite 164

Meine Lebensreise

Wenn ich auf mein Leben zurückblicke, vergleiche ich dies gern mit einer Reise im Zug.

Meine Fahrkarte wurde vor vielen Jahren von meinen Eltern gelöst, welche mich in den ersten Lebensstationen begleitet haben. Zugestiegen sind meine Geschwister, Freunde und etliche weitere Mitreisende. Es gibt viele Passagiere, die in den Zug einstiegen und mein Leben bereichert haben und wenn sie wieder ausstiegen, dann haben sie eine Lücke hinterlassen. Bei anderen hingegen habe ich gar nicht wahrgenommen, dass sie überhaupt zugestiegen sind. Manche wollten mich von meinem Platz verdrängen und andere setzen sich neben mich oder boten mir sogar einen Fensterplatz an.

An manchen Stationen gab es ein freudiges Wiedersehen oder einen schmerzlichen Abschied. Bei manchen Aufenthalten erlebte ich angenehme Überraschungen sowie tiefe Traurigkeit bei anderen. Manchmal blieb der Zug auf freier Strecke stehen oder es kam zu kleinen Unfällen. Aber ich bin immer auf den Schienen geblieben und ich bin niemals entgleist. An manchen Reiseabschnitten war es an der Zeit, die Weichen neu zu stellen. Ich hatte immer die Wahl, meine Fahrtgeschwindigkeit zu steuern oder rechtzeitig die Notbremse zu ziehen. Das Mysterium dieser Reise ist, dass ich nicht weiß, wann ich an der Endstation ankommen werde. Und wenn es so weit ist, dann möchte ich Folgendes sagen können: »Ich habe bergeweise wertvolle Souvenirs gesammelt und unendlich viele Glücksmomente erlebt. Die Reise war wunderschön!«

Ich wünsche dir auf deinem Weg

viele Passagiere,
die dein Leben bereichern,

immer Liebe, Gesundheit,
Erfolg und Glück im Gepäck,

an jeder Station einen Grund
zum Lachen und zum Feiern,

eine traumhafte Reise ...

Gute Fahrt

Das Gewicht einer Teetasse

Die Kunst des Loslassens besteht darin,
die Vergangenheit ruhen zu lassen,
um der Zukunft freien Raum zu geben.

Bei einem gut besuchten Führungskräfte-Seminar zum Thema Stress-Management betrat der Referent die Bühne und hielt eine Tasse Tee in der Hand. Anstatt, wie man es gewohnt war, sich erst einmal vorzustellen, begann er das Seminar mit folgender Frage: »Was meinen Sie, meine Damen und Herren, wieviel wiegt diese Tasse Tee?«

Die Seminarteilnehmer zeigten sich zuerst sichtlich irritiert, doch es folgten immer mehr Antworten, die sich um die 200-400 Gramm einpendelten.

Der Seminarleiter sprach lächelnd in die Runde: »Das Gewicht der Teetasse spielt eigentlich überhaupt keine Rolle. Es hängt lediglich davon ab, wie lange ich diese halten muss. Jeder von Ihnen kann sie problemlos für eine oder mehrere Minuten in der Hand halten. Wenn ich diese Tasse jedoch für eine Stunde lang halten müsste, würde ich einen Schmerz im Arm verspüren.

Müsste ich die Tasse für einen ganzen Tag in der Hand halten, dann würde mein Arm taub und paralysiert. Das Gewicht der Teetasse würde sich nicht ändern, doch umso länger ich sie hielte, desto schwerer würde sie werden.«

Der Referent bemerkte die nachdenklichen Gesichter unter seinen Zuhörern und sprach weiter: »Alle Stresssituationen im Leben sind wie diese Tasse Tee. Haben Sie zum Beispiel Sorgen, dann ist es am besten, schnellstmöglich eine Lösung für Ihr Problem zu finden. Auf diese Weise wird diese Situation keine merklichen Spuren bei Ihnen hinterlassen.

Kreisen Ihre Gedanken jedoch stundenlang um drängende Fragen, wird Sie dies noch mehr in Unruhe versetzen. Wenn Sie einen ganzen Tag lang nur über Ihr Thema grübeln, werden Sie sich wie gelähmt fühlen und kaum mehr in der Lage sein, noch eine Lösung zu finden.«

Das Ei des Kolumbus

Als Christoph Kolumbus nach der legendären Entdeckung von Amerika wieder nach Spanien heimkehrte, wurde er gebührend empfangen und gefeiert. Bei einem Festessen, das ihm zu Ehren gehalten wurde, meldeten sich jedoch auch seine Neider zu Wort: Es sei gar nicht schwierig gewesen, die »Neue Welt« zu entdecken. Das Weltmeer sei schließlich offen gestanden und für jeden von ihnen wäre dieses Unternehmen ein Leichtes gewesen!

Kolumbus war tief in seiner Seefahrerehre gekränkt und wollte diese Worte nicht auf sich beruhen lassen. Er nahm ein gekochtes Ei, das auf dem Tisch lag, und forderte die Anwesenden auf, es so auf die Spitze zu stellen, dass es nicht umfallen könne.

Trotz großen Eifers scheiterten die ersten Versuche der Festgäste und man sah ratlose Gesichter auf allen Seiten. Neugierig geworden kamen immer mehr Männer an den Tisch, um ebenfalls einen Versuch zu wagen. Bald war jeder im Saal davon überzeugt, dass es sich hierbei um eine unausführbare Aufgabe handele. Der Seefahrer wurde also aufgefordert, es selbst zu versuchen.

Lächelnd setzte Kolumbus das Ei mit einem leichten Schlag auf den Tisch, sodass es auf der eingedrückten Spitze stehenblieb. Die Anwesenden waren empört und protestierten, dass sie das ebenfalls gekonnt hätten! »Meine Herren, wenn man weiß, wie es geht, ist alles ganz einfach. Der Unterschied ist, dass Sie es hätten tun können, ich hingegen habe es getan!«

Nach einer Geschichte

Zwischen Können und Tun

liegt ein großes Meer
und auf seinem Grund gar oft
die gescheiterte Willenskraft.

Marie von Ebner Eschenbach, österreichische Schriftstellerin, 1830 - 1916

Mein großes Vorbild

Seit ich denken kann, war mir mein Patenonkel ein großes Vorbild, auch wenn er mich mit seiner Lebenseinstellung manchmal wahnsinnig machte. Der Mann war einfach der geborene Optimist. Er wusste stets Positives zu berichten, war charmant und hatte immer guter Laune. Wenn ich mal etwas falsch gemacht oder mich über schlechte Noten geärgert habe, meinte er nur tröstend: »Aus Fehlern kannst du lernen.« Oder: »Die erfolgreichsten Menschen machen oft die meisten Fehler.«

Kam ich zu ihm, um mich auszuweinen, nahm er mich in den Arm und meinte: »Wer weiß, wofür das gut war!« Oder: »Nach jedem Gewitter scheint wieder die Sonne.« Immer, wenn ich ein Problem hatte, vertraute ich mich meinem Patenonkel an. Jedes Mal bekam ich zu hören, dass ich doch das Positive an der Situation sehen solle.

Als ich mich von ihm verabschiedete, um ein Auslandsstudium zu beginnen, gab er mir Folgendes mit auf den Weg: »Jeden Morgen, wenn du aufwachst, hast du zwei Möglichkeiten. Du kannst entscheiden, ob du guter oder schlechter Laune sein willst. Jedes Mal, wenn dir etwas Unangenehmes zustößt, kannst du in Selbstmitleid zerfließen - oder dein Krönchen zurechtrücken und wieder weitergehen.

Du kannst deinen Blick auf die Schatten- oder die Sonnenseiten des Lebens lenken. Und ganz egal, was dir gesagt wird: Nur du allein entscheidest, wie du dein Leben gestalten willst!«

Der ist am reichsten und glücklichsten,

der die Kräfte des eigenen Lebens am höchsten entwickelt hat.

John Ruskin, britischer Schriftsteller, 1819-1900

Jahre später verunglückte mein Onkel auf einer Bergtour und stürzte viele Meter in die Tiefe. Wie durch ein Wunder überlebte er schwerstverletzt.

Als ich ihn im Krankenhaus besuchte, erzählte er mir: »Die Sanitäter haben ihr Bestes gegeben und mir gut zugesprochen. Sie sagten, dass ich bald wieder auf den Beinen sein werde. In der Notaufnahme dagegen empfing mich eine griesgrämige Aufnahmeschwester mit der Frage, ob ich auf etwas allergisch sei. Daraufhin gab ich zur Antwort: ›Ja, auf die Schwerkraft und auf schlechte Laune!‹ Die Gesichter der Ärzte verrieten mir, dass sie mich aufgegeben hatten. Da war mir klar, dass ich selbst die Initiative ergreifen musste. So erklärte ich ihnen, dass meine Tochter in wenigen Monaten heiraten wolle und ich sie auf beiden Beinen zum Traualtar führen würde! Ich forderte sie auf, mich zu operieren, ich wusste, ich würde wieder gesund werden, denn ich hatte mich für das Leben entschieden!«

Die Weisheiten und so manchen Spruch meines Onkels gab ich an viele Menschen und später auch an meine Kinder weiter. Zwar wurde ich oftmals dafür belächelt, doch dann wieder stießen sie auf offene Ohren und halfen anderen, wie sie auch mir geholfen hatten.

Als jedoch mein Arbeitgeber kurz vor meiner Rente Insolvenz anmelden musste, schwand mein Optimismus und ich war sehr bedrückt. Da nahm mich meine älteste Tochter in den Arm und sagte: »Weißt du, Mama, wer weiß, wofür dies gut ist. Ich bekomme Drillinge und würde mich über etwas Unterstützung freuen!«

Mein Patenonkel wurde 93 Jahre alt. Für sein Grabmal wünschte er sich folgende Inschrift:

BEGINNE JEDEN TAG MIT EINEM LÄCHELN!

Ein unverschämter Brief

Neben der Fanpost erhielt eine berühmte Schauspielerin einen Brief, der vor Frechheiten und Beleidigungen nur so strotzte. Ihr Manager wollte einen Anwalt hinzuziehen, um den Briefeschreiber zu verklagen. Doch die Frau wusste eine wirkungsvollere Methode.

Sie ließ den Brief an den Absender zurücksenden und schrieb Folgendes dazu:

»Sehr geehrter Herr …, beiliegender Brief wurde mir unter Ihrem Namen zugestellt. Da Sie als ehrbarer und angesehener Geschäftsmann gelten, sollten Sie wissen, dass irgendein unverschämter Kerl in Ihrem Namen beleidigende Briefe schreibt! Mit freundlichen Grüßen …«

Nach einer Erzählung

In Frieden zu leben,

heißt nicht, frei von Konflikten zu sein.
In Frieden zu leben, ist die Kunst,
Konflikte bewältigen zu können.

Das Bewerbungsgespräch

Von Anfang an war mir klar: Auf dieses vielversprechende Jobangebot würden sich viele bewerben. Darunter bestimmt auch solche, die weitaus bessere Zeugnisse vorweisen konnten als ich. Trotzdem versuchte ich mein Glück und wurde tatsächlich zu einem Gespräch beim Chef der Firma eingeladen.

Eigentlich dachte ich, dass ich meine Hausaufgaben gemacht hätte und alles über dieses Unternehmen wüsste. Doch als ich aufgerufen wurde, war ich sehr erstaunt darüber, dass der Firmenchef Dr. Alex Friedrich eine Frau war. Und was für eine Frau! Eine ältere Dame im pinken Kostüm mit passendem Lippenstift in derselben Farbe. Sie nahm mich über eine Stunde in die Mangel und stellte mir pausenlos Fragen. Ich blieb mir der ganzen Zeit über treu und antwortete wahrheitsgemäß und authentisch. Anscheinend hatte ich Eindruck hinterlassen, denn sie sagte: »Junger Mann, ich denke, Sie sind die richtige Person für diesen Posten. Wenn Sie mir noch eine einzige Frage beantworten können, dann dürfen Sie den Vertrag unterschreiben.« Sie lächelte schelmisch und ihre Augen blitzten, bevor sie ihre entscheidende Frage stellte. »Wie alt schätzen Sie mich?«

Darauf war ich nicht vorbereitet, so antwortete ich verlegen:

»Tut mir leid, bei dieser Frage muss ich passen! Ihrem Aussehen, Ihrem Elan und Ihrer Ausstrahlung nach zu urteilen, würde ich Sie vermutlich über zehn Jahre jünger machen. Würde ich Sie aber Ihrem Wissen, Ihren Erfolgen und Ihrer Weisheit nach einschätzen, dann könnte ich Sie über zwanzig Jahre zu alt schätzen!«

Ich wusste nicht, war ich rot oder blass geworden? Auf alle Fälle werde ich niemals vergessen, dass sich die Firmeninhaberin vor Lachen nicht mehr einkriegen konnte und meinte: »Nachdem Sie auf meine letzte Frage derart diplomatisch geantwortet haben, bin ich mir sicher, dass Sie auch mit unseren schwierigsten Kunden bestens zurechtkommen werden!«

Wahre Größe

Tim war mit Abstand der Kleinste, jedoch auch der Klügste in seinem Jahrgang. Daher wurde er oft von heimlichen Neidern wegen seiner Größe verspottet und da er ein leichtes Opfer war, bezog er immer wieder Prügel von seinen Mitschülern.

Als er eines Tages auf seinem Heimweg von einem orkanartigen Sturm überrascht wurde, flüchtete er sich in eine nahegelegene Höhle. Ängstlich zitternd sah er von dort aus dem Unwetter zu. Er bemerkte, dass viele Bäume der Kraft des Windes nicht standhalten konnten. Manche der großen, mächtigen Stämme entwurzelten oder knickten einfach um wie Streichhölzer. Die gebrochenen Äste wirbelten durch den Wind. Er blickte jedoch auch auf die kleineren schmächtigen Bäumchen, deren dünne Stämme sich im Wind beugten und immer wieder aufrichteten.

Am nächsten Tag auf dem Schulweg sah er, dass die kleinen Bäumchen zwar viele ihrer Blätter verloren, jedoch den Sturm überlebt hatten. Von diesem Tag an machte Tim es den Bäumchen gleich. Bei jeglichen Angriffen beugte er sich schnell, sodass die Faust des Angreifers ins Leere schlug oder dieser stolperte und zu Boden fiel. Dank seiner schmächtigen Statur war es ihm möglich, der plumpen Brutalität seiner Angreifer mit Schnelligkeit und Biegsamkeit zu begegnen. Er sah, dass sich seine vermeintlich schwachen Attribute bei richtigem Einsatz zu Stärken verwandelten. Wenige Jahre später überragte er die meisten seiner Klassenkameraden um etliche Zentimeter. Doch dies war ihm nicht mehr wichtig, denn er hatte damals erkannt, dass wahre Größe nichts mit Äußerlichkeiten zu tun hat.

Erst wenn du aufgibst,

dich über Äußerlichkeiten zu definieren,
gelangst du zu dir selbst.

*Irina Rauthmann, deutsche Lyrikerin, *1958*

Meine besten Freundinnen

Das schönste Geschenk,
das man einem anderen Menschen machen
kann, ist aufrichtige Zuwendung.

Aus Arabien

In meinem großen Freundeskreis hatte ich den Spitznamen »Mutter Teresa«. Irgendwie fiel es mir immer sehr schwer, nein zu sagen und so war ich stets für alle da. Eines Tages zog ich mir einen Oberschenkelhalsbruch zu und wurde vom Leben ziemlich ausgebremst. Nun war ich erstmalig auf Hilfe angewiesen, denn ich konnte mich nur mühsam auf meinen Krücken fortbewegen.

Ich postete meinen Zustand per Facebook in meine Freundesliste: Vorwiegend ans Bett gefesselt – Langeweile – türmende Staubschichten – Lebensmittelknappheit …

Als Reaktion bekam ich viele Likes und Kommentare: Gute Besserung – wird schon wieder …, aber kein einziges Angebot, mir Hilfe zu leisten oder mich zu besuchen war darunter, noch nicht einmal ein Telefonat erreichte mich!

O.K., dachte ich, dann greifst du halt selbst zum Telefonhörer. Als Erstes rief ich all jene an, die meine Hilfe schon häufig in Anspruch genommen und meine Nerven, egal ob zum Kuchenbacken, Babysitten oder um andere Probleme zu lösen, strapaziert hatten. Nach etlichen vergeblichen Telefonaten gab ich auf. Alle hatten »Stress ohne Ende«, lediglich wurde mir jedes Mal freundlich gute Besserung gewünscht und gesagt: »Wird schon wieder!«.

Nun verstand ich die Welt nicht mehr und ich warf mich heulend in meine Kopfkissen.

Am nächsten Morgen klingelte es an meiner Haustüre. Ich erwartete meine bestellten Bücher, die mir helfen sollten, meine Langeweile zu überbrücken. So schnell es mir möglich war, hantelte ich mich zum Türöffner. Doch statt des Postboten stand eine kleine Gruppe alter Schulfreundinnen vor der Tür. Bewaffnet mit Staubwedel, Lebensmitteln, Blumen, Kuchen, Pizza, Prosecco … und sogar Klopapier, stürmten sie in meine Wohnung. Im Handumdrehen wurde mein Heim blitzeblank geputzt, der Kühlschrank gefüllt und mein Krankenrevier zur Partyzone erklärt. Niemals werde ich diesen Tag vergessen, der mir gezeigt hat, dass all das Gute, das man gibt, auf oftmals unerwartete Weise wieder zurückkommt. Und vor allem, was wahre Freundschaft wirklich ausmacht.

Ein besonderer Service

Ein edler Herr hatte eine Panne mit seinem Wagen. Nachdem seine Reparaturversuche gescheitert waren, musste er wohl oder übel einen Fußmarsch zum nächsten Ort in Kauf nehmen. Nach vielen Stunden des Laufens über staubige Straßen und in glühender Hitze suchte er durstig und hungrig das nächste Restaurant auf. Der Ober sah den Mann in ölverschmierter, schmutziger Kleidung und rümpfte seine Nase.

Er führte ihn zu dem abgelegensten Tisch in einer dunklen Ecke. Widerwillig servierte er den bestellten Krug Wasser und brachte die Karte. Der Gast wurde beinahe wie Luft behandelt. Als der Mann zahlte, steckte er dem Ober ein großzügiges Trinkgeld zu. Dieser zeigte sich sichtlich verwundert, jedoch erfreut.

Am nächsten Tag ging der edle Herr wieder in das Restaurant. Dieses Mal wurde er von dem Ober fürstlich empfangen und an den schönsten Tisch geleitet. Der erlesenste Wein sowie die besten Speisen wurden aufgetragen. Der Ober überschlug sich förmlich in Zuvorkommen und Freundlichkeit. Als der Gast die Rechnung beglich, zeigte sich der Ober sichtlich verwundert und enttäuscht, als er für den besonderen Service nur eine kleine Kupfermünze erhielt. Der Herr bemerkte dies und sagte:

»Gestern habe ich Ihnen für den Service von heute gedankt und heute bekommen Sie den Lohn für den Service von gestern.«

Wenn eine Wahrnehmung

zu vorschnell getroffener Einschätzung führt, dann braucht man sich nicht zu wundern, wenn daraus resultierende Handlungen folgen.

Der letzte Tante-Emma-Laden

Unmittelbar neben dem letzten kleinen Tante-Emma-Laden des Ortes hat ein großer Supermarkt eröffnet. Der stolze Besitzer wettet, dass das kleine Geschäft bald Vergangenheit ist. Anne, die Inhaberin des Tante-Emma-Ladens, ist sich der Konkurrenz wohl bewusst. Die alte Dame jedoch hat Zeit ihres Lebens für dieses Geschäft gelebt und will nicht so einfach die Flinte ins Korn werfen.

Daher lässt sie sich etwas einfallen, das ihr sogar noch mehr Kunden beschert, als sie vor der Eröffnung des Mitstreiters schon hatte. Der stolze Supermarktbesitzer versteht die Welt nicht mehr. Heimlich schickt er einen Spion zu dem kleinen Geschäft, um zu erfahren, wie der kleine Laden es geschafft hat, trotz seiner Topangebote zu konkurrieren.

Am nächsten Tag wird ihm Bericht erstattet: »Anne hat seit jeher für jeden ein offenes Ohr und verteilt großzügig ehrlich gemeinte Komplimente. Seit der Neueröffnung Ihres Marktes legt die beliebte Frau zusätzlich jedem ihrer Kunden ein kleines Briefchen mit zu den Einkäufen. Darin steht eine positive Botschaft für den Tag. Ihre Kunden freuen sich auf diese Botschaften und kaufen daher noch öfter bei ihr ein. Jeder, der den Laden betritt, fühlt die heimelige Atmosphäre und spürt, wie sehr die Frau ihre Kunden liebt!«

Den Wert einer fachlichen Leistung

erkennt ein Kunde oft nicht zur Gänze.
Die Qualität des Umgangs miteinander
und das Verhalten ihm gegenüber
im persönlichen Kontakt aber
vermag er auf Anhieb zu beurteilen.

Stefan F. Gross, Unternehmensberater, München

Ein Baum erzählt seine Geschichte

Wenn wir versuchen, uns so zu geben
oder so zu sein wie andere,
können wir niemals unsere Einzigartigkeit
zum Ausdruck bringen.

Als ich noch ganz klein war, dachte ich nicht viel über mich selbst nach. Ich war vorwiegend damit beschäftigt, meine Wurzeln zu festigen. Ich stand ganz einsam an einem Felsvorsprung und trotz meiner Anstrengung gelang es mir nicht, ein großer Baum zu werden. Ich blieb eher klein, knorrig und vom Wind gebeugt.

Immer öfter schaute ich neidvoll zu dem nahegelegenen Wald. Dort thronten die hohen Tannen und Fichten, die mächtigen Buchen sowie der stolze Ahornbaum in seiner Farbenpracht.

Ich beneidete sie um ihre Gesellschaft. Im Sommer spendeten sie sich gegenseitig Schatten und im stürmischen Herbst kämpften sie gemeinsam gegen den Wind.

Eines Tages wurde neben mir eine Bank aufgestellt. Von da an kamen immer mehr Besucher zu mir, um mich und die grandiose Aussicht zu bewundern. Manche ritzten Herzen in meine Rinde und ich galt nunmehr als der Baum der Liebenden.

Die alte Eiche raunte mir lächelnd zu: »Siehst du, durch unseren Wald gehen die Menschen nur hindurch. Doch bei dir verweilen sie und sind glücklich!« Da erst erkannte ich, dass wahre Erfüllung nicht von Äußerlichkeiten herrührt.

Seit dieser Zeit bin ich ein glücklicher, zufriedener Baum.

Selbstverständlichkeiten

Ein Mann sitzt mit seinem 17-jährigen Sohn im Zug. Mit großen Augen schaut der junge Mann aus dem Fenster und fragt: »Papa, ist das eine Kuh?« Der Vater lächelt und antwortet: »Ja, mein Sohn.« Aufgeregt spricht der Junge weiter: »Papa, diese Blumen sind Sonnenblumen, oder?« Die Antwort lautet wieder: »Ja, mein Sohn.« Viele weitere Fragen folgen: »Papa, ist das ein Lastwagen? ... eine Tanne? ... ein Hubschrauber? ... ein hoher Berg? ...?« Stets folgt dieselbe Antwort: »Ja, mein Sohn.«

Zwischendurch zeigt der Vater in eine Richtung und sagt: »Schau, mein Sohn, der Vogel ist ein Bussard, dieser Baum ist eine Eiche und dort ist ein Rapsfeld ...«

Ein Fahrgast, der den beiden gegenübersitzt, spricht den Vater nach einer Weile an: »Bei allem Respekt, das Verhalten Ihres Sohnes ist doch sehr merkwürdig.« Gespreizt weist er ihn darauf hin, dass es heutzutage doch sehr gute Kliniken für Fälle »wie diesen« gäbe und die Medizin in alle Richtungen große Fortschritte mache.

Der Vater unterbricht ihn: »Wie recht Sie doch haben!«, ruft er und fährt freundlich fort: »Von solch einer Fachklinik kommen wir gerade. Mein Sohn hat vor zwölf Jahren sein Augenlicht verloren und kann seit wenigen Tagen wieder sehen.«

Sichtlich beschämt senkt der Mann den Blick. Nach einer Weile wendet er sich dem Jungen zu: »Junger Mann, ich muss mich bei Ihnen entschuldigen.« Und nach einer Pause sagt er noch: »Und ich möchte mich bei Ihnen bedanken. Sie haben mir eben aufgezeigt, dass ich vieles Wertvolle im Leben gar nicht mehr wahrnehme, weil ich es für selbstverständlich gehalten habe.«

Immer,

wenn ich mitten im Alltag
innehalte und gewahr werde,
wie viel mir geschenkt ist,
werden die zahllosen Selbstverständlichkeiten
zu einer Quelle des Glücks.

Gustave Flaubert, französischer Schriftsteller, 1821-1880

Den Stecker ziehen

Handlung wird allgemein besser verstanden als Worte.
Manche Geste kann mehr ausdrücken als hundert Worte.

Ein Ehepaar hatte sich im Fernsehen einen Bericht über lebensverlängernde Maßnahmen angesehen.

»Ich möchte niemals, um überleben zu können, einer Maschine ausgeliefert sein!«, sprach der Mann entschieden. »Sollte ich eines Tages von betäubenden Flüssigkeiten abhängig sein und mit Unterstützung von Technik und Maschinen nur noch dahinvegetieren – dann, mein Liebling, zieh bitte den Stecker aus der Dose! Versprichst du mir das?«

»Gerne, mein Schatz«, antwortete die Frau erfreut. »Du weißt doch, wie sehr ich dich liebe und dir stets deine Wünsche erfülle.«

Sie stand auf, goss seinen Wein in den Ausguss, warf sein Smartphone in den Mülleimer und zog den Stecker des Computers aus der Dose.

Aller Anfang ist schwer

Der menschlichen Kunst der Täuschung sind Grenzen gezogen.

Sir Arthur Conan Doyle, englischer Romanschriftsteller, 1859–1930

Ein junger Mann hatte äußerst erfolgreich alle Studiengänge abgeschlossen. Hochmotiviert beschloss er, sofort in die Selbstständigkeit zu starten. Er stellte sogleich eine Sekretärin an und richtete sich ein beeindruckendes Büro ein. Seine Neueröffnung als Unternehmensberater kündigte er in sämtlichen regionalen Tageszeitungen an.

Bereits am ersten Vormittag meldete seine Sekretärin einen Mann, der zu ihm wollte. Der Unternehmer ließ ihn zunächst einige Minuten warten. Als dieser dann sein Büro betrat, nahm er, um auf seinen ersten Klienten einen noch stärkeren Eindruck zu machen, den Telefonhörer ab und täuschte ein äußerst wichtiges Gespräch vor.

Als er den Hörer wieder auf die Gabel legte und seinen Besucher begrüßte, stellte er fest, dass dieser wirklich große Augen bekommen hatte.

Geschäftig fragte er: »Was kann ich für Sie tun, mein Herr?« Der Besucher antwortete verwirrt: »Ich bin der Monteur und bin gekommen, um Ihr Telefon anzuschließen.«

Die Bank unter den Eichen

Eine gute Beziehung gleicht zwei Bäumen, die im richtigen Abstand nebeneinander wachsen dürfen.

Anna und Walter sitzen auf ihrer Lieblingsbank unter den Eichen. »Weißt du noch, wie damals alles begonnen hat?«, fragt die Frau verträumt.

Lächelnd nickt der alte Mann und gibt ihr einen innigen Kuss. Beide erinnern sich: Sie hatten sich auf dem Jahrmarkt kennengelernt und wussten sofort, dass ihre beiden Herzen zusammengehörten.

Die Verliebten schlenderten damals über den Marktplatz und steuerten auf eine Menschenansammlung am Rande des Dorfes zu. Dort wurde ein Wettbewerb veranstaltet. Auf einer Bank stand der Besitzer der dortigen Wiese mit zwei Eicheln in seinen Händen. Er erregte großes Aufsehen mit seinem lauten Geschrei. »Kommt alle her und seht! Das sind Liebeseicheln!

Wer traut es sich zu, ein Denkmal für die nächsten Generationen zu setzen? Auf dieser Bank sollen einmal Liebespaare sitzen und es behaglich haben. Damit hier ein lauschiges Plätzchen entstehen kann, sollen zwei mächtige Eichen den nötigen Schatten spenden.

Wer von euch findet den richtigen Abstand, den diese Eichen brauchen, um gemeinsam wachsen und zusammen alt werden zu können? Unser Dorfgärtner ist der Schiedsrichter und entscheidet, wer die Aufgabe am besten gelöst hat.«

Nacheinander traten etliche Pärchen vor und legten die Eicheln nach ihren Vorstellungen auf die Erde nieder. Die Entfernungen der verschiedenen Vorschläge reichten von fünfzig Zentimetern bis zu drei Metern.

Anna und Walter waren die Letzten, die ihren Tipp abgaben. Als sie jedoch die zwei Eicheln in einem Abstand von sieben Metern auf die Erde legten, wurden sie von den Zuschauern nur lauthals ausgelacht!

Der alte Gärtner hingegen nickte erfreut und grub die zwei Liebeseicheln genau dort ein, wo die beiden diese hingelegt hatten. Lächelnd sagte er: »Mit dieser Entfernung können sich die Eichen gut entwickeln. Jeder bleibt für sich ein eigenständiger Baum und keiner nimmt dem anderen die Sonne und die Luft zum Atmen. Auch die Wurzeln behindern einander nicht. Dennoch werden die Bäume eine Gemeinschaft bilden, denn wenn der Wind über sie hinwegweht, dann können sich ihre Äste sanft berühren.«

So begann es damals, vor über fünfzig Jahren. Händchenhaltend und in Gedanken versunken sitzen Anna und Walter unter den beiden mächtigen Eichen, deren Äste sich in luftiger Höhe begegnen, und horchen auf das Rascheln der Blätter.

Nach einer Hochzeitsrede

Der Kreislauf des Geldes

Vor nicht allzu langer Zeit trug sich in einer Stadt Folgendes zu: Die Zeiten waren schlecht und beinahe jeder lebte auf Kredit. Spontan buchte ein Reisender ein Zimmer für eine ganze Woche und hinterlegte 100 Euro als Kaution.

Der Gastronom lief mit dem Geldschein sofort zum Metzger, um seine Schulden zu begleichen. Dieser klopfte umgehend beim Bäcker an die Türe, um ihm seine geliehenen 100 Euro zurückzugeben. Der Mann staubte sich das Mehl von seiner Schürze und suchte den Müller auf, um seine offene Rechnung zu bezahlen. Der Müller ging mit dem Geld zum Bauern, dem er noch den Betrag für das Korn des letzten Jahres schuldete. Der Bauer spähte nach seiner Frau und steckte schnell das Geld ein, um beim Wirt seine längst ausstehende Zeche zu bezahlen und um sich gleich noch ein Bier zu gönnen. Dieser beglich sofort seine Schuld bei einem Getränkelieferanten, der den Schein umgehend an einen Genossenschaftsanleger zurückzahlte.

Jener gab das Geld an eine Dame weiter, bei der er in Kredit stand. Diese wiederum suchte den Gastronomen auf, bei dem sie für ihre Zimmerbuchungen mit 100 Euro in der Kreide stand. Wenige Stunden später überlegte es sich der Gast anders und verließ das Hotel. Der Gastronom reichte ihm lächelnd den als Kaution hinterlegten 100-Euro-Schein zurück.

Somit tilgten neun Menschen innerhalb weniger Stunden ihre Schulden und konnten vergnügt in die neue Woche starten.

Alles in der Welt

ändert sich und bewegt sich im Kreise.
Auch der Mensch ändert sich, nur sehen wir nicht
den ganzen Kreislauf, den er vollbringt,
weil wir uns selbst bei diesem Kreislauf
in einem Punkte des Kreises befinden.

Lew Tolstoi, russischer Schriftsteller, 1828–1910

Der „beste" Empfehlungsbrief

Gute Manieren wollen nicht
wie eine Kunst ausgeübt,
sondern unbewusst geübt sein.

Georg von Oertzen, deutscher Schriftsteller, 1829–1910

Vor einigen Jahrzehnten suchte ein reicher Kaufmann dringend einen neuen, zuverlässigen Laufburschen und gab deshalb in der Tageszeitung eine Stellenanzeige auf.

Umgehend meldeten sich über zwanzig Männer, die alle zu einem Bewerbungsgespräch geladen wurden.

Der Kaufmann wählte schnell einen der Stellensuchenden aus. Sein alter Prokurist fragte ihn: »Mich würde interessieren, weshalb Sie gerade diesen jungen Mann bevorzugt haben, obwohl er als Einziger keinen Empfehlungsbrief vorweisen konnte?« »Sie irren sich«, lautete die Antwort, »dieser Bewerber war im Besitz zahlreicher Empfehlungen.

Im Vorzimmer drängte er sich nicht vor und bot umgehend einem älteren Wartenden seinen Stuhl an. Das zeigt mir, dass er über Geduld, Aufmerksamkeit und Herzensgüte verfügt. Ehe er mein Büro betrat, putzte er seine Füße ab und schloss die Türe hinter sich. Daraus schließe ich, dass er sorgfältig und höflich ist. Er nahm seine Mütze ab und reichte seine Hand zum Gruß. Daran erkenne ich, dass er gute Manieren hat. Er sah mir, trotz meiner Musterung, stets in die Augen. Das zeigt mir, dass er ehrlich ist.

Auf alle meine Fragen konnte er schnell und sicher antworten. Das beweist mir, dass er Verstand hat. Er hob als Einziger das Taschentuch auf, welches ich absichtlich auf den Boden hatte fallen lassen. Daraus schließe ich, dass er gute Sitten besitzt. Seine Hände und sein Gesicht waren sauber und seine Kleidung war gut ausgebürstet. Daran sehe ich, dass er korrekt ist und gut erzogen wurde.

Ich stellte ihm deshalb ein gutes Zeugnis für sein anständiges Benehmen aus.

Mein Lieber, ich gebe mehr auf das, was ich von einem Menschen erfahre, nachdem ich ihn wenige Minuten lang gesehen habe, als auf das, was in schön formulierten Empfehlungsbriefen geschrieben steht.«

Die geteilte Mahlzeit

Angelockt von dem köstlichen Duft gebratener Würstchen steuert eine ältere Frau auf einen Stehimbiss zu.

Wenige Minuten später trägt sie ihren Teller zu einem Stehtisch und stellt ihre Tasche darunter. Schnell eilt sie noch einmal zur Theke, da sie ihr Besteck vergessen hat.

Als sie zum Tisch zurückkehrt, steht dort eine junge, südländisch wirkende Frau mit einer fragwürdigen Frisur, zerrissenen Jeans und exotischer Kleidung und isst doch tatsächlich mit großem Appetit die Würstchen.

Die Ältere ist etwas verwirrt, besinnt sich jedoch auf ihre Nächstenliebe und lächelt ihrer Tischnachbarin daher milde zu. Gemeinsam essen die beiden von einem Teller.

Nach der Mahlzeit verabschiedet sich, zum Erstaunen der Barmherzigen, die junge Frau freundlich in perfektem bayerischen Dialekt. Im Gehen legt sie ein Zwei-Euro-Stück auf den Tisch, damit sich die Ältere noch einen Kaffee leisten kann. Verwirrt von dem eben Erlebten will die Frau unter dem Tisch nach ihrer Handtasche greifen. Doch sie findet nichts, die Tasche ist weg!

»Welch eine bodenlose Frechheit«, entsetzt sie sich, »so eine hinterhältige Göre!« Sichtlich enttäuscht, mit rasendem Puls, schaut sie sich nach der Diebin um. Doch diese ist spurlos verschwunden. Da fällt ihr am Nachbartisch ein Teller mit Würstchen auf, die inzwischen kalt geworden scheinen. Und was steht unter dem Tisch? Ihre Handtasche.

Jeder Irrtum hat drei Stufen:

Auf der ersten wird er ins Leben gerufen,
auf der zweiten will man ihn nicht eingestehen,
auf der dritten macht nichts ihn ungeschehen.

Franz Grillparzer, österreichischer Schriftsteller, 1791–1872

Geschwister Liebe

Der Verstand kann uns sagen, was wir unterlassen sollen.
Aber das Herz kann uns sagen, was wir tun müssen.

Joseph Joubert, französischer Moralist, 1754–1824

Ein Zwillingspärchen kam zu früh zur Welt. Daher wurden die beiden Kinder jeweils in einen separaten Brutkasten gegeben.

Der Arzt vermutete, dass der Junge die nächsten Stunden nicht überleben werde.

Die Nachtschwester ignorierte alle Anweisungen und bettete kurzerhand die stärkere Schwester ganz nah zu ihrem schwächeren Bruder.

Das Mädchen legte ihr Ärmchen um den Jungen und umgehend normalisierte sich dessen Herzschlag …

Jahre später legte der mittlerweile große starke Bruder stets beschützend den Arm um seine kleinere Schwester.

Oft sagte er schmunzelnd: »Ich muss mich doch bei dir revanchieren!« :-)

Begrüße den anbrechenden Tag

Gib jedem Tag die Chance, der schönste deines Lebens zu werden.

Mark Twain, amerikanischer Schriftsteller, 1835-1910

Achte gut auf diesen Tag, denn er ist Leben, das Leben allen Lebens.

In seinem kurzen Ablauf liegt alle Wirklichkeit und Wahrheit des Daseins, die Wonne des Wachsens, der Ruhm der Tat, die Herrlichkeit der Kraft, der Glanz der Schönheit.

Denn das Gestern ist nichts als ein Traum und das Morgen nur eine Vision.

Das Heute jedoch, recht gelebt, macht jedes Gestern zu einem Traum voller Glück und jedes Morgen zu einer Vision voller Hoffnung.

Darum achte gut auf diesen Tag.

Nach dem Sanskrit

Gerechte Entlohnung

Es waren einmal zwei Brüder, die als Handelsmänner tätig waren. Der eine Bruder erwirtschaftete fortlaufend große Gewinne. Der andere hingegen konnte nur mit Mühe und Not die Gehälter seiner Angestellten bezahlen.

Daher suchte er eines Tages seinen erfolgreichen Bruder auf, um zu erfragen, was dieser anders machen würde als er?

Er war sehr irritiert, als er erfuhr, dass sein gerechtigkeitsliebender Bruder seinen Angestellten völlig unterschiedliche Gehälter bezahlte!

Sogleich sprach er ihn darauf an. Bevor der Bruder antworten konnte, klopfte einer seiner Mitarbeiter ganz aufgeregt an die Tür und teilte mit, dass soeben ein großes Handelsschiff auf den Hafen zusteuern würde.

»Anstatt alles zu erklären, kannst du gleich selbst erkennen, nach welchen Maßstäben ich die Gehälter meiner Angestellten richte.«

Umgehend ließ er seine drei Sekretäre zu sich rufen und teilte ihnen mit, dass sie zum Hafen eilen sollten, um die Fracht des neu einlaufenden Schiffes zu erkunden!

Nach einer Viertelstunde kam der am niedrigsten bezahlte Sekretär zurück und teilte mit, dass soeben ein Schiff aus Indien mit verschiedensten Waren eingelaufen sei.

Nach einer halben Stunde kam derjenige, der in der mittleren Gehaltsklasse stand, und teilte freudig mit, dass ein Schiff aus Indien eingelaufen sei, das hauptsächlich Seide geladen hätte. Diese sollte schnellstmöglich verkauft werden, da das Schiff neue Waren aufnehmen müsse. Wenn er kaufen wolle, dann würde es Eile gebieten, da bereits mehrere Händler um die Preise feilschten!

Nach zwei Stunden kam der am höchsten bezahlte Sekretär zurück und teilte Folgendes mit: »Mein Herr, soeben ist ein Schiff aus Indien eingelaufen, das vorwiegend Seide geladen hatte, die zum schnellen Verkauf bestimmt war, da der Kapitän neue Ware aufnehmen musste. So habe ich die Gunst der Stunde genützt und sogleich alle Seide aufgekauft.

Nachdem viele Händler nach mir gekommen waren, die jedoch dringend Seide für ihre Kunden benötigten, habe ich bereits alle Seide zum doppelten Preis weiterverkauft.« Er stellte seinem Herrn einen Beutel mit Münzen auf den Tisch, verneigte sich und ging.

Nach einer Geschichte

Die Früchte des Baumes

Ein Unternehmer beobachtete einen alten Mann, der sich in seinem Obstgarten abmühte, Bäume zu setzen.

Staunend sprach er den Greis an: »Wenn du in deinem hohen Alter noch Gemüse anpflanzen würdest, könnte ich das verstehen. Aber Bäume zu setzen, die ihre ersten Früchte erst in einigen Jahren tragen, kann ich beim besten Willen nicht nachvollziehen.«

Der Greis erwiderte ihm mit einem Lächeln:

»Das sind zwar meine Bäume, aber ich pflanze sie nicht für mich. Meine Nachkommen werden deren Früchte ernten, so wie meine Vorfahren diesen Obstgarten angelegt haben, von dessen Früchten ich mein Leben lang beschenkt worden bin.«

Der Unternehmer bedankte sich für die Antwort und ging nachdenklich weiter. Der alte Mann schien seine Gedanken lesen zu können und dachte bei sich: »Nun haben meine Bäume, die erst in Jahren abgeerntet werden können, wohl jetzt schon Früchte getragen!«

Die beste Zeit,

einen Baum zu pflanzen, war vor zwanzig Jahren.
Die nächstbeste Zeit ist jetzt.

aus Uganda

Glück & Zufriedenheit

Ein Schüler fragte seinen Meister:

»Warum ist hier jeder glücklich und zufrieden außer mir?«

Der Meister antwortete: »Weil sie in allem das Gute und Schöne sehen.«

»Aber warum kann ich mich nicht auch an dem Guten und Schönen erfreuen?«

»Weil du im Außen nur erkennen kannst,
was du auch in deinem Inneren siehst.«

Nach einer Zen-Geschichte

Das Glück

deines Lebens hängt von der Beschaffenheit deiner Gedanken ab.

Marcus Aurelius, römischer Kaiser, 121-180

Das weiße Kieselsteinchen

Vor langer Zeit lebte in einem kleinen Dorf ein ehrbarer Bauer. Sein größtes Glück war seine liebreizende und kluge Tochter. Eines Jahres, als ein fürchterliches Unwetter übers Land zog, wurde seine gesamte Ernte vernichtet und er geriet in große Not. Er hörte von seinen Nachbarn, dass es in der Stadt Männer gäbe, die Geld verleihen würden. Erstmalig in seinem Leben beschloss der Bauer einen Schuldschein zu unterschreiben, um neues Saatgut kaufen zu können.

Wie es das Schicksal fügte, kam der Bauer zu einem Geldverleiher, von dessen zweifelhaftem Ruf ihm nichts bekannt war. Daher lieh er sich bei diesem eine ansehnliche Summe Geld.

Nach einem Jahr kam der Wucherer zu des Bauern Hof, um sein Geld samt hohem Zins einzutreiben. Da jedoch in diesem Jahr die Ernte sehr mager ausgefallen war, konnte der Bauer nicht bezahlen. Der unfreundliche Geldeintreiber sah des Bauern junge Tochter und fand Gefallen an ihr. Er schlug dem Bauern folgenden Handel vor: Wenn er ihm seine Tochter zur Frau gäbe, wären ihm alle Schulden erlassen.

Der Bauer und seine Tochter waren bestürzt über diesen Antrag. So zeigte sich der Wucherer großzügig und schlug vor, dass sie Glück und Zufall entscheiden lassen sollten. Er wolle von dem Weg einen schwarzen und einen weißen Kieselstein in seinen Beutel geben. Die Tochter solle einen Stein ziehen.

Nähme sie den schwarzen Stein, müsse sie den Alten heiraten und des Bauern Schulden wären erlassen. Nähme sie den weißen Stein, bräuchte sie ihn nicht zu heiraten und die Schulden wären ebenfalls erlassen. Sollte sie sich aber auf den Handel nicht einlassen, müsse der Bauer in den Schuldturm.

Während er seinen Handel vortrug, bückte sich der Geldeintreiber und nahm blitzschnell zwei Kieselsteine vom Weg und steckte diese in seinen Beutel.

Die Angst hatte wohl die Tochter argwöhnisch gemacht und sie bemerkte mit scharfem Auge, dass der Wucherer zwei schwarze Steine in dem Beutel verschwinden ließ.

Sie schwieg über das Gesehene und überlegte. Egal, welchen Stein sie ziehen würde, sie müsste den Alten heiraten. Ihn als Betrüger zu entlarven, würde nichts bringen, denn der Vater würde in den Schuldturm wandern. Jedoch heiraten wollte sie ihn niemals!

Die Tochter griff in den Beutel, um einen Kieselstein zu entnehmen und ließ diesen scheinbar unabsichtlich auf den Weg fallen.

»Oh, wie bin ich doch unbeholfen!«, rief sie aus. »Bei den vielen weißen und schwarzen Steinen auf dem Weg können wir den gezogenen gar nicht mehr benennen!«

Die kluge Tochter gab vor, kurz zu überlegen und sagte schnell: »Doch eigentlich ändert dies nichts an der Sache. Wir nehmen einfach den verbleibenden Stein aus dem Beutel, der wird uns zeigen, welche Farbe ich gewählt habe.«

Der Wucherer erkannte seine missliche Lage und getraute sich nicht, seinen Schwindel zu gestehen.

Was ist Erfolg?

Erfolg im Leben zu haben bedeutet:

Oft und viel zu lachen;

die Achtung intelligenter Menschen und die Zuneigung von Kindern gewinnen;

die Anerkennung aufrichtiger Kritiker verdienen und den Verrat falscher Freunde ertragen;

Schönheit zu bewundern; in anderen das Beste finden;

die Welt ein wenig besser zu verlassen, ob durch ein glückliches Kind, einen bestellten Garten oder einen kleinen Beitrag zur Verbesserung der Gesellschaft;

zu wissen, dass wenigstens das Leben eines Menschen leichter war, weil du gelebt hast!

Das bedeutet, nicht umsonst gelebt zu haben.

Nach Ralph Waldo Emerson,
US-amerikanischer Philosoph und Schriftsteller, 1803-1882

Die Kunst der Gemeinsamkeit

Zusammen mit ihrer Familie feierten Berta und Josef ihren 60. Hochzeitstag.

Sie galten als ein sehr harmonisches Ehepaar. Sie wurden- von ihren Enkelkindern befragt:

»Wie habt ihr es geschafft, dass ihr nach so langer Zeit immer noch zusammen seid?«

Opa schmunzelte und die Oma gab zur Antwort:

»Wisst ihr, wir wurden in einer Zeit geboren, in der man kaputte Dinge noch reparierte, anstatt sie einfach wegzuwerfen!«

Das eindrucksvollste

Beispiel von Toleranz ist eine diamantene Hochzeit.

Das Erfolgsgeheimnis

Johannes war ein talentierter und ehrgeiziger Student. Er war an der ganzen Universität für seinen Wissensdrang bekannt. Johannes saß Tag und Nacht über seinen Büchern, nahm sich kaum Zeit zum Essen und Schlafen, geschweige denn für Vergnügungen. Eines heißen Sommertages bekam Johannes während der Vorlesung einen Schwächeanfall. Aus Sorge nahm ihn sein Professor für ein Gespräch zur Seite. Er wollte wissen, weshalb er so ehrgeizig und verbissen studiere. Johannes antwortete: »Ich möchte in meinem Leben Großes bewirken sowie Erfolg, Zufriedenheit und Glück finden! Ich denke, je mehr ich jetzt lerne, desto schneller komme ich an mein Ziel.«

»Ich möchte Ihnen eine kurze Geschichte erzählen«, sagte der Professor: »Es waren einmal zwei Brüder, die jeweils mehrere Ster Holz zu spalten hatten. Der eine Bruder schlug kräftig mit seinem Beil die Scheite entzwei und arbeitete ohne Pause und fleißig bis zum Abend. Der andere Bruder legte jede Stunde einige Minuten Pause ein und hatte trotzdem am Abend den weitaus größeren Stapel geschafft. Der ehrgeizige Bruder fragte erstaunt, wie es sein könne, dass er trotz seiner vielen Pausen mehr erreicht habe als er? Dieser erklärte, dass er sich nicht nur von der Arbeit ausgeruht, sondern in der Zwischenzeit auch seine Axt geschärft habe.«

Johannes nahm sich die Worte seines Professors zu Herzen. Nach wenigen Jahren ging sein Stern als erfolgreicher Wissenschaftler auf. Wenn er nach seinem Erfolgsgeheimnis befragt wurde, gab er lächelnd zur Antwort: »Ich habe mich für die schlauere „Holzhacker-Methode“ entschieden.«

Gib einem Mann einen Fisch

und du ernährst ihn für einen Tag.
Lehre einen Mann zu fischen und
du ernährst ihn für sein Leben.

Konfuzius, chinesischer Philosoph, ca. 551-479 v. Chr.

Vertraue auf deine Stärken

Der höchste Lohn für unsere Bemühungen ist nicht
was wir dafür bekommen,
sondern das, was wir dadurch werden.

John Ruskin, britischer Schriftsteller, 1819-1900

Ein Familienvater arbeitete seit jeher bei einer großen Firma als Hausmeister. Eines Tages wurde er zum Personalchef gerufen. »Aufgrund unserer neuen Personalrichtlinien habe ich mir Ihre Akte angesehen. Leider konnte ich keinen einzigen Ausbildungsnachweis finden.«

Unbedarft antwortete der Hausmeister: »Das ist schon richtig, ich habe keinen anerkannten Schulabschluss.« »Dann tut es mir außerordentlich leid«, der Personalchef rang mit den Worten, »Sie sind seit über 30 Jahren in unserem Unternehmen tätig, waren nie krank und haben nur beste Arbeit geleistet. Dennoch muss ich Ihnen kündigen, da Sie die Qualitätsstandards der neuen Geschäftsführung nicht erfüllen!« Der Hausmeister hängte ein letztes Mal seinen Kittel an den Haken und ging betrübt nach Hause. »Was soll ich nun tun?«, fragte er seine Frau.

»Wie sollen wir die Raten von unserem Haus abzahlen und unsere Kinder bei ihrem Studium unterstützen?« »Vielleicht soll dies ja ein Wink des Schicksals sein«, meinte seine Frau. »Du hattest doch früher schon den Traum, selbstständiger Hausmeister zu sein!«

Daraufhin suchte er seinen Nachbarn auf, der Inhaber eines großen Betriebes war. »Du kannst sofort für mich arbeiten. Ich kenne deine Fähigkeiten!«, sagte dieser. Bei den nächsten Firmen erging es ihm ähnlich. In der ganzen Stadt hatte er einen guten Ruf. Innerhalb kurzer Zeit stellte der Hausmeister immer mehr Personal ein, um der Flut seiner Aufträge gerecht zu werden. Er wurde zu einem angesehenen und vermögendem Unternehmer.

Eines Tages bekam er Besuch vom Vorstand seiner Bank. Dieser war erfreut, ihn endlich persönlich kennenzulernen. »Es kommt ja immer nur Ihr Buchhalter, um die Bankgeschäfte zu regeln. Diesmal brauche ich jedoch Ihre Unterschrift. Möchten Sie den Vertrag noch einmal durchlesen?«

Der Hausmeister entschuldigte sich lächelnd: »Tut mir leid, ich kann nicht lesen.« Ungläubig meinte der Bankier: »Sie sind in kürzester Zeit zu einem unserer größten Kunden geworden. Stellen Sie sich mal vor, was für eine Zukunft Sie mit einer guten Schulbildung gehabt hätten!«

»Das kann ich Ihnen sagen: Dann wäre ich immer noch ein angestellter Hausmeister!«

Kraft der Gedanken

Pflege deine Gedanken wie der Gärtner seinen Garten!
Dabei achte auf die Früchte genauso wie auf das Unkraut!

Japanisches Sprichwort

Unsere Gedanken haben eine ungeheure Kraft.

Es ist in unsere Entscheidung gelegt, diese Macht zu unserem Nutzen oder Schaden einzusetzen.

Mit der Kraft der Gedanken bestimmen wir nicht nur über Gesundheit und Krankheit, sondern unsere Gedanken sind unser Schicksal.

Das ist eine Gesetzmäßigkeit, der sich keiner entziehen kann; aber gleichzeitig eine wunderbare Chance.

William James, amerikanischer Philosoph und Psychologe, 1842-1910

Der Wert eines Lächelns

Wir werden nie wissen, wie viel Gutes
ein einfaches Lächeln vollbringen kann.

Mutter Teresa, Friedensnobelpreisträgerin, 1910-1997

Ein Lächeln ist der Schlüssel zum Herzen.

Ein Lächeln ist eine kostenlose Investition
mit erstaunlicher Rendite!

Ein Lächeln im Geschäft zieht die Kunden an.

Ein Lächeln ist manchmal kurz wie ein Blitz, die
Erinnerung daran kann jedoch lange währen.

Ein Lächeln sagt mehr als tausend Worte.

Ein Lächeln mildert Traurigkeit, Mutlosigkeit und Ärger.

Ein Lächeln im Haus schafft ein harmonisches Heim.

Ein Lächeln ist ein Zeichen für Liebe, Glück und Dankbarkeit.

Ein Lächeln ist Balsam für die Seele.

Schenke dein Lächeln vor allem denjenigen, die nicht
mehr lachen können, denn sie brauchen es am meisten.

Kein Mensch ist so reich, dass er auf ein Lächeln
verzichten könnte.

Kein Mensch ist so arm, dass er sich ein Lächeln nicht
leisten könnte.

Ein Lächeln hat den allergrößten Wert,
wenn es von Herzen kommt!

Gehe deinen eigenen Weg

Die Zukunft hat viele Namen:
Für die Schwachen ist sie das Unerreichbare.
Für die Furchtsamen ist sie das Unbekannte.
Für die Tapferen ist sie die Chance.

Victor Hugo, franz. Schriftsteller, 1802-1885

Gehe deinen eigenen Weg. Auch wenn du von Lärm und Hast umgeben bist, kannst du Frieden und Stille in dir selbst finden.

Sei in guter Beziehung zu anderen Menschen. Versuche, mit allen auszukommen, ohne dich zu unterwerfen.

Sprich deine Wahrheit aus und wähle deine Worte besonnen und klar.

Schenke anderen Menschen dein Ohr, auch jenen, von denen du meinst, dass sie unter dir stehen; auch vermeintlich Unwissende haben ihre Geschichte.

Erhebe dich nicht über die Unwissenheit der Jugend und höre freundlich auf den Ratschlag des Alters.

Vergleiche dich nicht mit anderen. So kannst du weder hochmütig noch verbittert werden. Es gibt immer bedeutendere oder schwächere Menschen als dich.

Liebe dich selbst, so hast du es nicht nötig, dich an Idealen zu orientieren.

Erfreue dich an deinen Erfolgen und Plänen. Sei stolz auf dein Tun.

Nimm deine Arbeit ernst und arbeite mit Freude. Übe Vorsicht bei geschäftlichen Angelegenheiten. Erkenne Betrug und Täuschung ebenso wie Ehrlichkeit und Zuverlässigkeit.

Meide aggressive und streitsüchtige Menschen, sie sind eine Plage für die Seele.

Täusche keine falschen Gefühle vor. Sei offen, wenn es um die Liebe geht. Hab Vertrauen, denn selbst bei Trockenheit und Enttäuschung verdorrt sie nicht. Sie ist wiederkehrend wie der Frühling.

Lasse keine Wahnbilder entstehen und nähre die Stärke deiner Seele, um dich bei plötzlichem Unglück schützen zu können.

Abgesehen von einer gesunden Disziplin, sei freundlich zu dir selbst.

Du bist ein Kind der Schöpfung, nicht weniger als die Bäume und die Sterne; du hast ein Recht auf dein Dasein. Ob es dir bewusst ist oder nicht, die Welt entfaltet sich nach Gottes Plan.

Sei deshalb im Frieden mit dem Göttlichen, was auch immer dies für dich bedeuten mag. Mit all deinem Tun und Streben, wie auch der Verworrenheit des Lebens, bewahre dir Frieden in deiner Seele. Selbst bei allen Enttäuschungen, Mühen und zerbrochenen Träumen lebst du in einer wunderschönen Welt!

Gib auf dich acht und strebe danach, glücklich und zufrieden zu sein.

In Anlehnung an einen Text von Max Ehrmann, um die Zeit von 1920

Eine etwas andere Art von Therapie

Ein Praktiker hat für jedes Problem eine Lösung.
Ein Philosoph hat Probleme für jede Lösung.

Eine Frau vertraute sich einem Psychologen an. »Ich glaube, ich werde verrückt. Jede Nacht höre ich, wie wilde Tiere unter meinem Bett brüllen und laufen.« »Das ist ja sehr interessant«, meinte der Therapeut. »Legen Sie sich doch bitte auf die Couch und erzählen mir etwas mehr darüber.« Ein wenig skeptisch fragte die Patientin: »Was kostet denn so eine Therapie?« Der Psychologe erwiderte: »Nun, eine Stunde wird mit 100 Euro abgerechnet. Die Behandlung dauert voraussichtlich, wenn Sie gut mitarbeiten, fünfzig Stunden. Ansonsten verlängern wir um weitere Stunden.« »5000 Euro oder noch weit mehr?«, rief die Patientin. »Ich denke, so verrückt bin ich dann doch wieder nicht!« Mit diesen Worten verließ sie die Praxis.

Nach einigen Wochen begegneten sich der Psychologe und die Frau im Supermarkt. Der Therapeut erkundigte sich freundlich nach ihrem Befinden. Sie antwortete strahlend: »Mir geht es wieder hervorragend. Mein Nachbar hatte mich kostenlos in wenigen Minuten kuriert!«

Neugierig fragte der Psychologe: »Welcher Art von Therapeut ist denn Ihr Herr Nachbar?« Die Frau antwortete: »Er ist Schreiner und sägte kurzerhand die Beine meines Bettes ab!«

Die Traumdeuter

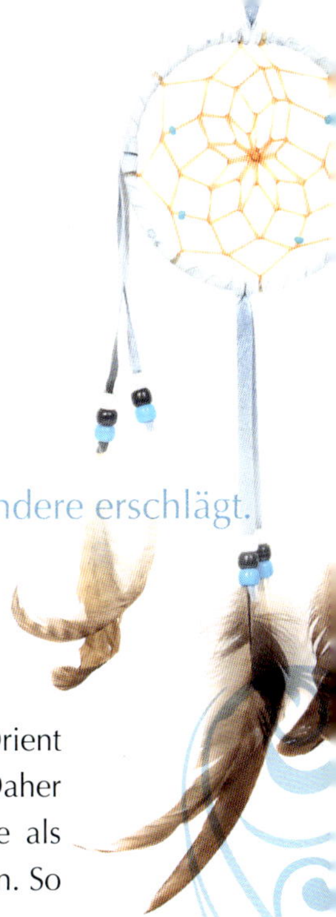

Die Wahrheit kann auch eine Keule sein, mit der man andere erschlägt.

Anatole France, franz. Schriftsteller, 1844-1924

Vor Hunderten von Jahren maßen die Menschen im Orient ihren Träumen eine ganz besondere Bedeutung zu. Daher gab es zu jener Zeit viele Traumdeuter, welche diese als Weissagungen und Prophezeiungen zu erklären wussten. So trug es sich zu, dass ein Sultan einen beängstigenden Traum hatte. Er träumte, dass er all seine Zähne verlieren würde. Beunruhigt ließ er einen Traumdeuter zu sich rufen. Sorgenvoll hörte dieser des Sultans Schilderung an. »Leider muss ich dir eine traurige Mitteilung machen«, sagte der Deuter. »Du wirst, genau wie deine Zähne, all deine Angehörigen verlieren!« Diese Weissagung erregte des Sultans Zorn und er bezeichnete den Traumdeuter als Scharlatan und ließ ihn in den Kerker werfen. Dann ließ er einen weiteren Traumdeuter zu sich kommen. Auch er ließ sich des Sultans Traum erzählen und sagte: »Ich bin glücklich, dir eine freudige Botschaft zu übermitteln! Du wirst älter werden als all deine Angehörigen, du wirst sie alle überleben!« Der Sultan erfreute sich an der Botschaft und belohnte ihn reich. Der Schatzmeister war darüber sehr verwundert und fragte den Traumdeuter: »Du hast dem Sultan nichts anderes gesagt als dein armer Vorgänger. Wie kann es zugehen, dass jener im Kerker sitzt, während du fürstlich beschenkt wirst?« Der belohnte Traumdeuter antwortete: »Beide haben wir des Sultans Traum gleich gedeutet. Letztendlich kommt es nicht nur darauf an, was man sagt, sondern auch wie man es sagt!«

Der „Rechte Weg"

Einst lebte ein Weiser, der seine einzige Tochter mit einem überaus begabten Schüler verheiratet hatte. Damit sich der junge Mann ganz seiner geistigen Lehre widmen konnte, sorgte der stolze Schwiegervater für die Jungvermählten. Nach einiger Zeit geriet der vielversprechende, junge Gelehrte in fragwürdige Gesellschaft. Immer öfter sah man ihn in der Schenke. Er vernachlässigte seine Studien und kam von seinem ursprünglichen Weg ab.

Als eines Tages ein großer Lehrer in ihrem Haus verweilte, vertraute der enttäuschte Schwiegervater diesem seinen Kummer an. Der Besucher verwickelte daraufhin das junge Genie in ein Gespräch und befragte ihn nach seiner neuen Lebensweise, die sogar Pferderennen mit einschloss. Der junge Mann erklärte mit Begeisterung, dass es faszinierend sei, wie schnell diese Pferde laufen können.

Daraufhin sprach der Ältere: »Nehmen wir einmal an, dass ein Rennpferd drei Mal so schnell läuft wie ein normales Pferd. Wenn es jedoch vom Weg abkommt, entfernt es sich immer weiter vom Ziel und zwar auch drei Mal so schnell!« Der junge Mann stimmte ihm zu, dass in diesem Fall die Schnelligkeit zum Nachteil führe.

Der nächste Satz des Gelehrten drang in das Herz des jungen Mannes und erreichte zudem seinen Verstand. »Man darf auch nicht vergessen, wenn ein schnelles Pferd merkt, dass es vom rechten Weg abkommt, es auch viel schneller auf den richtigen Weg zurück findet als seine schwächeren Brüder.«

Die Menschen,

die den richtigen Weg gehen wollen,
müssen auch von Irrwegen wissen.

Aristoteles, griechischer Philosoph, 384-322 v. Chr.

Leben und Leben lassen

Ein toleranter Mensch ist niemals dumm,
und ein dummer Mensch ist niemals tolerant.

aus China

Ein Rabbi und ein katholischer Pfarrer saßen bei einem Festmahl nebeneinander am Tisch.

Nachdem der Pfarrer mit Genuss seinen Schweinebraten verspeist hatte, stichelte er: »Rabbi, werden Sie jemals so tolerant sein, dieses köstliche Schweinefleisch zu probieren?«

»Natürlich, Herr Kollege« antwortete der, »an Ihrem Hochzeitstag!«

Ein altbewährtes Hausmittel

Glück ist ein anderes Wort für Zufriedenheit;
Zufriedenheit ist ein anderes Wort für Dankbarkeit;
Dankbarkeit ist ein anderes Wort für Liebe;
Liebe ist ein anderes Wort für Glück.

*Stefan Fleischer, Organisator einer Großbank, Rentner, *1938*

Seit Jahren suchte ein Arzt seine Patienten im Altersheim auf. Schon oft war ihm eine 95 Jahre alte Dame aufgefallen, die ihm stets aktiv, zufrieden und freundlich begegnete. Eines Tages sprach der Arzt sie an und fragte, ob er sich nach dem Geheimnis ihrer Vitalität und Lebensfreude erkundigen dürfe.

Lachend antwortete die Frau: »Herr Doktor, ich nehme jeden Tag drei altbewährte Hausmittel ein, die mir immer helfen!«

Verwundert schaute der Arzt die Dame an und fragte: »Darf ich erfahren welche Medikamente Sie nehmen?« Verschmitzt lachte die alte Frau und antwortete: »Jeden Morgen gönne ich mir eine Dosis Zufriedenheit. Tagsüber inhaliere ich alles in Liebe, was mir begegnet. Und am Abend nehme ich unverdünnt eine große Portion Dankbarkeit zu mir!«

Solch eine Weisheit hatte der Arzt bisher noch nie von einem Menschen vernommen. Berührt und nachdenklich sprach der Mediziner: »Diese Wirkung ist bei Ihnen nicht zu übersehen. Ich werde Ihr gutes Rezept gerne weiterempfehlen!«

Ein Stau zur richtigen Zeit

Die Arbeit läuft dir nicht davon,
wenn du deinem Kind den Regenbogen zeigst.
Aber der Regenbogen wartet nicht, bis du mit der Arbeit fertig bist.

Chinesisches Sprichwort

Vor wenigen Stunden verließ Stefan die Firma, nachdem er wieder einmal einen wichtigen Auftrag erfolgreich abgeschlossen hatte. Sein Chef hatte sich bei ihm mit lobenden Worten bedankt und drückte ihm zeitgleich wieder einen Stapel neuer dringender Akten als Urlaubslektüre in die Hand.

Stefans Familie war schon Tage zuvor zu ihrem Ferienhaus abgereist. Da er sich wieder einmal nicht sicher war, ob und wann er sich von der Arbeit freimachen konnte, versprach er schnellstmöglich nachzukommen. Nun stand er mit seinem Cabrio im Stau. Um die Wartezeit sinnvoll zu nützen, sah er in die neuen Akten. Plötzlich landete ein bunter Ball auf seinen Unterlagen. Entschuldigend stand eine Frau vor seinem Wagen. Sie erklärte, dass ihre Kinder so aufgedreht seien, da sie sich so freuten, dass ihr Vater sich kurzfristig entschlossen hatte, sich von seiner Arbeit loszueisen, um gemeinsam mit ihnen in den Urlaub fahren zu können. Stefan gab ihr den Ball zurück und sah die glücklichen Augen der Frau und hörte das vergnügte Lachen ihrer Kinder.

Als der Verkehr wieder anrollte, hatte er plötzlich das Gefühl, dass er von Familien umzingelt war, die alle gemeinsam in den Urlaub fuhren. Dabei dachte er an seine beiden Kinder:

Thomas war schon acht Jahre alt und Eva sollte nach den Ferien in die Schule kommen. Wann hatte er eigentlich das letzte Mal richtig Zeit mit seinen Kindern verbracht? Als seine Tochter geboren wurde, war er beruflich im Ausland, bei der Einschulung seines Sohnes war er in einem wichtigen Meeting. So stand seine Arbeit immer im Vordergrund und seine Kinder hatten es längst aufgegeben, ihn zu fragen, ob er Zeit für sie habe.

Der Verkehr stand wieder still. Er wollte gerade wieder zu seinen Unterlagen greifen, da schien er die Stimme seiner Frau zu hören: »Kannst du nicht einmal ohne Akten nach Hause kommen?« Er fragte sich, wann er ihr das letzte Mal Blumen geschenkt hatte. Wann waren sie ohne irgendwelche Kunden beim Essen oder im Theater gewesen? Ja, und wann hatte er ihr das letzte Mal gesagt, wie sehr er sie liebe? Stefan wurde plötzlich unruhig. Ja, wann hatte er das letzte Mal über sich selbst und das Leben nachgedacht? Er deponierte kurzerhand seinen Aktenkoffer im Kofferraum. Sein Leben reflektierend, vergingen die vielen Stunden im Stau wie im Flug.

Am Ziel angekommen, kaufte er seiner Frau einen riesigen Strauß Blumen. Erstmalig baute er mit seinen Kindern gewaltige Sandburgen, sie spielten Fußball, Boccia, Federball und lachten viel gemeinsam. Abends saß er lange, gemütlich mit seiner Frau bei einem Glas Wein auf der Terrasse. Alles, was Stefan für sich im Stau erkannt hatte, setzte er umgehend um. So teilte er seinem Chef mit, dass er künftig mehr »dringende Meetings« mit seiner Familie habe. Es wurde ein wunderschöner, erholsamer Urlaub, dem noch viele weitere folgten. Noch Jahre später, immer wenn sie in einem Stau standen, sagte Stefan stets: »Schau, schau ein Stau!:-)«. Seine Frau, die um den Hintergrund dieser Worte wusste, drückte jedes Mal glücklich seine Hand.

Die geliehenen Bücher

Das Leben gleicht einem Buche. Toren durchblättern es flüchtig; der Weise liest es mit Bedacht, weil er weiß, dass er es nur einmal lesen kann.

Jean Paul, deutscher Schriftsteller, 1763-1825

Ein großer Gelehrter war in Besitz von Tausenden von Büchern. Daher kamen viele seiner Schüler und Freunde zu ihm, um sich Bücher auszuleihen.

Eines Tages fragte ihn sein Diener, weshalb die Menschen geliehene Bücher so selten zurückbrächten. Der Gelehrte antwortete mit einem Lächeln: »Es ist viel einfacher die Bücher zu behalten, als deren geschriebenen Inhalt!«

An der richtigen Stelle anfangen

Die Menschenrechte beginnen,
wo die Vorurteile enden.

Marie Joseph de Motier, Marquis de La Fayette, französischer Staatsmann, 1757-1834

In einem noblen Bezirk eines New Yorker Stadtteiles sprach ein Farbiger beim Pfarrer mit der Bitte vor, in den Pfarrgemeinderat aufgenommen zu werden. Der Pfarrer antwortete etwas reserviert: »Ich bin mir nicht sicher, ob unsere Gemeindemitglieder Sie auf die Liste setzen würden.

Schlafen Sie erst einmal eine Nacht darüber und fragen beim Abendgebet den Allmächtigen, was er dazu meint.«

Am nächsten Tag suchte er wieder den Pfarrer auf und bedankte sich für seinen guten Ratschlag:

»Ich sprach mit dem Allmächtigen über diese Angelegenheit. Er sagte mir, ich solle bedenken, dass es sich hier um eine sehr exklusive Kirche handele und ich vermutlich nicht hineinkommen werde. Er selbst versuche dies schon seit vielen Jahren, und bis heute sei es ihm noch nicht gelungen.«

Nach einer Erzählung

Eine andere Art von Predigt

Das Gerücht ist blind, aber es läuft schneller als der Wind.

Deutsches Sprichwort

Einst lebte in einem Dorf eine Krämerin namens Martha. Sie war freundlich und hilfsbereit, jedoch überaus neugierig. Da in ihrem Laden stets ein reger Austausch unter den Kunden stattfand, hörte sie vieles, was in ihrem Dorf oder in der Welt geschah. Wenn jemand Neuigkeiten erfahren wollte, erkundigte sich dieser bei Martha. Manchmal fehlte ihr jedoch das nötige Feingefühl und sie plauderte stets alles weiter, was sie gesehen und gehört hatte.

Im Laufe der Jahre wurde zum Leidwesen der Krämerin ihr Gehör immer schlechter. So tat sie sich immer schwerer, den tuschelnden Gesprächen ihrer Kunden zu folgen. So geschah es, dass Martha ein Gespräch von zwei Frauen belauschte, die sich sehr lobend über ihren alten Herrn Pfarrer unterhielten. Aber da spielten ihr die Ohren einen bösen Streich.

Sie vermeinte, schlimme Dinge über den Pfarrer gehört zu haben. Wie im Flug machte eine hässliche Verleumdungsgeschichte weit über die Grenzen der Gemeinde hinweg die Runde. Der Pfarrer, der von den üblen Gerüchten hörte, betrat den Laden der Krämerin und sprach sie freundlich darauf an. Inzwischen hatte Martha ihren Irrtum längst eingesehen und bedauerte ihre Worte zutiefst. Sie versprach dem alten Pfarrer, alles unwahr Gesprochene wieder richtigzustellen und bat ihn vielmals um Verzeihung.

Der Pfarrer sprach: »Gerne werde ich dir verzeihen, doch vorher bitte ich dich um drei Gefallen.« Die beschämte Frau versprach ihm, alles zu tun, was er nur wünsche. So sprach er: »Als erstes schlachte eines deiner Hühner und bringe mir dessen Federn.« Erleichtert Buße tun zu können, eilte die Frau mit einem Korb Federn zur Kirche. Der kluge Pfarrer bestieg mit ihr den Kirchturm und oben angekommen, hieß er sie als zweites, den Korb Federn auf das Dorf hinab auszuleeren. Als dies getan war, sprach er seinen dritten Wunsch aus: »Nun geh hin und sammle alle Federn wieder ein!« Erschrocken antwortete die Krämerin: »Das ist unmöglich! Der Wind hat die Federn bereits in alle Himmelsrichtungen verweht!«

»Siehst du«, sagte der weise Pfarrer, »ein Gerücht einmal ausgestreut, verbreitet sich durch alle Winde und wir wissen nicht, wohin. Wie könnte man jemals die gesprochenen Worte wieder alle zurücknehmen?«

Inspiriert von einer alten Geschichte

Dankbare Reporter

Dankbarkeit ist das Gedächtnis des Herzens.

Jean-Baptiste Massillon, französischer Geistlicher, 1663 - 1742

Blitzlichter erhellten die traumhafte Wohnung einer berühmten Innenarchitektin. Nach den Fotoaufnahmen saß das Reporterteam eines Magazins im Wohnzimmer der Dame, um diese noch zu interviewen. Nach den üblichen Fragen erkundigte sich ein Reporter, ob die vielen großen Glasbehälter, die mit unzähligen Steinchen gefüllt waren, der neueste Trend seien.

Lächelnd antwortete die Architektin: »Ach, das wäre schön! Wissen Sie, es gab in meinem Leben Zeiten, die nicht sehr rosig waren. Damals fing ich an, immer wenn ich für irgendetwas dankbar war, ein Steinchen in einen Glasbehälter zu geben. Anfangs hatte ich nur ein großes Einmachglas.

Als ich feststellte, welch positive Wirkung meine „Dankbarkeitssteinchen" auf mich hatten, wurden die Gläser immer größer und immer mehr. Ich erkannte, dass, wenn man dankbar ist, man immer mehr Dinge, Situationen und Menschen im Leben anzieht, für die man dankbar sein darf. Jedes Mal wenn ich in mir Gefühle von Ärger, Ungeduld, Unzufriedenheit oder dergleichen spüre, schenke ich meinen Dankbarkeitssteinchen ganz besondere Aufmerksamkeit.

Manchmal nahm ich bewusst ein paar Steinchen in die Hand und spürte ihre wunderbare Energie. Seither erkenne ich, wie schön das Leben ist und dass ich offensichtlich „steinreich" bin!« Die Reporter wurden ganz still, beinahe andächtig.

Die nächste Ausgabe des Magazins zeigte nicht nur wunderbare Bilder, sondern auch ein berührendes Interview, das auf rege Resonanz stieß. Noch Jahre später bekam die Architektin Dankesbriefe vieler Leser, die ihr schilderten, welch positiver Wandel in ihrem Heim und Leben eingezogen sei.

So sind die schlichten Gläser, gefüllt mit verschiedensten Steinchen, in vielen Haushalten zu einem Trend geworden. Nachahmung und Weiterempfehlung ist erwünscht!

Versammlung der Tiere

Es ist nicht zu wenig Zeit, die wir haben, sondern es ist zu viel Zeit, die wir nicht nutzen.

Lucius Annaeus Seneca, röm. Philosoph, ca. 1-65

Einmal im Jahr gibt es eine ganz besondere Nacht, in welcher die Tiere miteinander reden können. In solch einer Nacht versammelten sich alle Tiere eines Bauernhofes, um sich auszutauschen. Sie beklagten sich über die Menschen, die ihnen immer mehr wegnahmen.

»Sie nehmen mir meine Milch weg«, klagten die Kuh und die Ziege. »Sie nehmen mir meine Eier«, gackerte die Henne. »Sie nehmen mir mein Fleisch, sobald ich gemästet bin«, grunzte das Schwein. »Sie nehmen mir meine Wolle«, meckerte das Schaf. »Sie nehmen mir meine Daunen«, schnatterte die Gans. »Sie nehmen unseren Honig«, summten die Bienen.

Die Schnecke kam hervorgekrochen und sprach: »Ich habe etwas, was auch mir die Menschen gerne wegnehmen würden, wenn sie es könnten. Etwas, was sie immer mehr begehren! Ich habe ZEIT!«

Inspiriert von einer Sufigeschichte

Brot und Oliven

Eines Tages begegneten sich zwei der königlichen Philosophen auf dem Markt. Isaak war gerade dabei, sich Brot und Oliven zu kaufen, denn mehr konnte er sich bei seinem Gehalt nicht leisten. Sein Kollege Fílippos hingegen war bekannt für seine Schmeicheleien dem König gegenüber und hatte es somit zu einem wohlhabenden Leben gebracht.

Mitleidig sah er auf Isaak herab: »Wenn du endlich lernen würdest, dich etwas unterwürfiger zu zeigen und zu verstehen, den König mit schönen Worten und Schmeicheleien zu erfreuen, dann bräuchtest du dich nicht immer nur von Brot und Oliven zu ernähren.«

Isaak hatte sich gerade genussvoll eine Olive in den Mund geschoben, als er ebenso mitleidig zu Fílippos sprach: »Mein Freund, wenn du gelernt hättest, mit Brot und Oliven auszukommen – dann bräuchtest du dich nicht täglich zu unterwerfen und dem König zu schmeicheln!«

Die Sonnenseite des Lebens

Wende dein Gesicht der Sonne zu,
dann fallen die Schatten hinter dich.

Afrikanisches Sprichwort

Ich liebe meine jüngere Schwester wirklich sehr, doch oftmals wird mir ihre ständige Jammerei zu viel. Vorwiegend berichtet sie über all das Negative in ihrem Leben und in der Welt.

Als ich mich bei meinem letzten Besuch verabschiedete, erzählte ich ihr noch eine Geschichte:

»Die Lehrerin einer Abiturklasse kündigte einen Überraschungstest an. Zum Erstaunen der Schüler waren auf dem Aufgabenblatt keinerlei Fragen notiert, es war lediglich ein schwarzer Punkt auf der Mitte des Blattes zu sehen.

Sie erklärte, dass alle das aufschreiben sollten, was sie auf dem ausgeteilten Blatt Papier sehen würden. Die Schüler waren zwar sichtlich irritiert, doch sie begannen mit ihrer Arbeit.

Zum Ende der Stunde sammelte die Lehrerin den Test wieder ein. Alle Schüler hatten ausnahmslos den schwarzen Punkt beschrieben – seinen Durchmesser, Radius und den Flächeninhalt berechnet, die Position in der Mitte des Blattes bestimmt, sein Größenverhältnis zum Papier ermittelt ...

Lächelnd sprach die Lehrerin zur Klasse: >Ich wollte euch lediglich eine Aufgabe zum Nachdenken geben. Kein Einziger hat etwas über den großen, weißen Teil auf dem Blatt Papier vermerkt. Jeder hat sich auf den schwarzen Punkt konzentriert.

Genau das Gleiche geschieht oft in unserem Leben! Alle haben wir ein weißes Blatt Papier erhalten, um es zu nutzen und zu genießen. Und dennoch konzentrieren wir uns immer wieder auf die dunklen Flecken.

Das Leben ist ein wunderbares Geschenk, das wir mit Liebe und Sorgfalt hüten sollten. Es gibt genau genommen immer einen Grund zum Lachen, Feiern und zum Freuen. Daher sollten wir dankbar sein, für all das Gute, das geschieht!

Doch wir konzentrieren uns oft nur auf die dunklen Flecken, wie z.B.: schlechte Noten, komplizierte Beziehungen, gesundheitliche Probleme, Geldmangel, Sorgen, Ängste und Enttäuschungen. Im Vergleich zu dem, was wir in unserem Leben erfahren, sind die dunklen Flecken meist sehr klein, und dennoch sind sie diejenigen, die unseren Geist beschäftigen und unsere Lebensfreude trüben!<«

Ich ging noch kurz zum Schreibtisch, malte einen kleinen schwarzen Punkt auf ein weißes Blatt und gab dieses meiner Schwester. »Für dich, meine Kleine«, sagte ich noch, bevor ich mich verabschiedete.

Tage später erhielt ich einen Brief von meiner Schwester. Darin befand sich das Blatt mit dem schwarzen Punkt. Dieser war jedoch kaum noch zu erkennen, da die weiße Fläche mit unendlich viel Positivem beschrieben worden war.

Ein ehrlicher Schmuggler

Der Vorteil der Klugheit besteht darin,
dass man sich bei Bedarf dumm stellen kann.
Das Gegenteil gestaltet sich schon wesentlich schwieriger.

Nach Kurt Tucholsky

Es war einmal ein Mann, der täglich mit einem bepackten Esel über die Grenze ging. Die Körbe waren jedes Mal mit Stroh voll beladen. Auf die Frage der Zollbeamten, ob er ein Schmuggler sei, antwortete dieser stets mit einem Ja.

Daher wurden er und auch das ganze Stroh immer wieder durchsucht. Doch die Grenzwachen konnten nie etwas Verdächtiges finden.

Der Mann wurde im Laufe der Jahre sichtlich wohlhabender. So setzte er sich schließlich zur Ruhe.

Nach einigen Jahren traf er in der Schenke auf einen jener Zollbeamten.

Dieser fragte ihn sogleich: »Heute könnt Ihr mir doch verraten, was Ihr damals geschmuggelt habt und was wir niemals finden konnten?«

»Das ist ganz einfach«, schmunzelte der wohlhabende Mann, »das waren die ESEL!«

Nach einer Geschichte

Der tollste Papa

Das wertvollste Geschenk
ist gemeinsam verbrachte Zeit.

Drei Jungen unterhalten sich über ihre Väter:

»Mein Papa ist Pilot und oft lange unterwegs. Immer wenn er nach Hause kommt, schenkt er mir Süßigkeiten.«

»Mein Papa ist Manager und deshalb oft im Ausland. Immer wenn er nach Hause kommt, schenkt er mir Spielsachen.«

Der dritte Junge sagt kleinlaut: »Mein Papa ist Angestellter. Jeden Abend, wenn er nach Hause kommt, schenkt er mir seine Zeit.«

Die beiden anderen Jungen antworten beeindruckt: »Mann, hat dein Papa aber einen tollen Beruf!«

Der Glaube einer Mutter

Diese Geschichte trug sich vor weit über hundert Jahren zu. Thomas war ein wissbegieriger, kleiner Junge. Daher konnte er es kaum erwarten, endlich in die Schule zu kommen. Da er jedoch seit seiner Geburt schwerhörig war, tat er sich dann schwer, den Erklärungen und Anweisungen seiner Lehrer zu folgen.

Eines Tages überreichte ihm der Schulleiter einen versiegelten Brief, welchen er seiner Mutter aushändigen sollte. Als die Frau dieses Schreiben las, traten ihr Tränen in die Augen. Besorgt wollte Thomas wissen, was in dem Brief geschrieben stand. Da las ihm seine Mutter Folgendes vor: »Ihr Sohn verfügt über außergewöhnliche Begabungen.

An unserer Schule fehlen uns die Möglichkeiten, den Jungen zu fördern. Daher bitten wir Sie, Ihren Sohn selbst zu unterrichten.«

Jahre später machte Thomas weltweit Schlagzeilen, denn er galt mittlerweile als einer der größten Erfinder seiner Zeit.

Als er nach dem Tod seiner Mutter ihre Unterlagen durchsah, entdeckte er dabei den Brief, welchen er damals von der Schule erhalten hatte. Als er diesen las, traten ihm wie damals seiner Mutter Tränen in die Augen. Es stand geschrieben: »Ihr Sohn ist nicht nur schwerhörig, sondern auch geistig behindert. Daher können wir ihn an unserer Schule nicht weiter unterrichten!«

Nach einer Geschichte

Verurteile niemals

vorschnell Menschen und
halte nichts für unmöglich.
Denn es gibt vieles, das nicht seine
Stunde bekäme,
wenn man nicht daran glauben würde!

Marktforschung

Wenn zwei dasselbe sehen, heißt es noch lange nicht, dass sie dieselbe Sichtweise teilen.

Der Geschäftsführer eines renommierten Schuhherstellers wollte den Markt international ausweiten. Daher wurden zwei der besten Außendienstmitarbeiter beauftragt, in ferne Länder zu reisen, um vor Ort die Nachfrage zu prüfen.

Tage später erhielt der Geschäftsführer zwei E-Mails aus Südafrika:

Keine Absatzmöglichkeiten! – Viele laufen barfuß.

Beste Absatzmöglichkeiten! – Viele laufen noch barfuß.

Nach einer Erzählung

Geschickte Fragestellung

Diplomatie ist keine Frage des Alters.

Die kleine Emma war ein aufgewecktes Kind. Aus Unachtsamkeit fiel ihr die geliebte Teetasse ihrer Großmutter zu Boden und zerbrach.

Sie wusste nicht, wie sie ihr Missgeschick der Oma beichten sollte. Daher fragte sie: »Warum müssen eigentlich Menschen sterben?«

»Mein liebes Kind«, sagte die Ältere, »alles hat seine Zeit und ist vergänglich. Irgendwann kommt für jeden der Tag, um von uns zu gehen.«

Beschämt holte Emma die Scherben hinter ihrem Rücken hervor und meinte: »Es tut mir wirklich sehr leid, aber heute war es an der Zeit für deine Tasse zu gehen.«

Ein Bayer an der Himmelpforte

Es war einmal ein lustiger Bayer, der starb und fand sich plötzlich am Ende einer Warteschlange zur Himmelspforte wieder. Petrus stand am Himmelstor über seine dicken Bücher gebeugt und entschied, wer in den Himmel eingelassen wird. Der Bayer hörte genau, was über jeden in den himmlischen Schriften stand.

Zu einem sagte Petrus: »Sehr lobenswert, du hast Geld gespendet und viele Kinder vor dem Hungertod gerettet. Du darfst in den Himmel.« Einer Frau sagte er: »Du warst eine fürsorgliche Lehrerin und hast sehr viel Wissen weitergegeben. Hereinspaziert.« Bei einem kleinen Mädchen las er: »Du hast dich um Kinder gekümmert, mit denen keiner spielen wollte. Das war brav. Herzlich willkommen.« Der Mutter von vier Kindern sagte er: »Du warst immer fleißig und hast deine Kinder sehr gut erzogen. Lass es dir gutgehen bei uns.« Zu einem Richter sagte er: »Bravo, du hast stets gerechte Urteile gefällt. Du darfst in den Himmel.« Lächelnd sagte er zu einer Krankenschwester: »Du hast dich mustergültig um die Kranken gekümmert und viel Hoffnung und Heilung gebracht. Der Himmel steht dir offen.«

Der Bayer hörte dies alles und erforschte sein Gewissen. Nie hatte er etwas für andere getan. Er hatte stets nur das Nötigste gemacht und fröhlich in den Tag hineingelebt. Reumütig stand er endlich vor Petrus, der von seinem Buch aufsah. »Na, bei dir steht ja nicht sehr viel. Du hast jedoch mit deinem Humor die Menschen zum Lachen gebracht. Ab mit dir in den Himmel!« Dem Bayern fiel ein Stein vom Herzen und jodelnd marschierte er durch das Himmelstor.

Lachen & Lächeln

sind Tor und Pforte, durch die viel Gutes in den Menschen hineinhuschen kann.

Christian Morgenstern, deutscher Dichter, 1871-1914

Ein besonderes Geschenk

Kurz vor Ladenschluss hastete ein Ehepaar in ein Spielwarengeschäft und wandte sich umgehend an die Verkäuferin: »Wir suchen für unsere Tochter ein besonderes Weihnachtsgeschenk, an dem sie Freude hat.

Es soll etwas sein, mit dem sie sich alleine beschäftigen kann, da wir beide beruflich sehr eingespannt und daher selten zuhause sind. Es sollte auch spannend sein, sodass sie sich die Zeit damit vertreiben kann und ihr das Gefühl des Alleinseins genommen wird …«

Die Verkäuferin unterbrach den Redeschwall: »Entschuldigen Sie, aber Eltern haben wir nicht in unserem Sortiment!«

Teamarbeit

Du erkennst den wahren Charakter eines Menschen daran,
wie er mit dir umgeht, wenn er meint,
dass er dich nicht mehr brauchen würde.

In der Entwicklungsabteilung eines großen Konzerns arbeitete ein Team beinahe Tag und Nacht zusammen, um ein enormes Problem zu beheben.

Eines Tages vermeinte einer der Mitarbeiter, das Problem gelöst zu haben. Freudig rief einer aus dem Team: »Wir haben gewonnen!« »Falsche Antwort«, sprach der stolze Entwickler. »Ich habe gewonnen!«

Schon packte er seine Unterlagen zusammen und marschierte mit stolz geschwellter Brust in die Vorstandsabteilung. Dort ließ er sich gebührend feiern und rühmen.

Als sich nach wenigen Wochen herausstellte, dass seine Idee nicht umsetzbar sei, kehrte er zu seinen Kollegen zurück und erklärte: »Wir haben verloren!«

»Falsche Antwort«, wurde ihm erwidert. »Du hast verloren!«

Das Weihnachtsmärchen

Das Geschenk des Helfens ist:
Niemand kann ehrlichen Herzens versuchen,
einem anderen Menschen zu helfen,
ohne sich selbst zu helfen.

Nach Ralph Waldo Emerson

Jedes Jahr zur Weihnachtszeit wurde am Theater in unserer Stadt ein Märchen aufgeführt. In unserer Familie ist es zur Tradition geworden, diese Veranstaltung zu besuchen. Obwohl unsere Ältesten bereits das Teenageralter erreicht hatten, zogen sie diesen besonderen Anlass sogar einem Kinobesuch vor.

So standen wir also wieder einmal in der alljährlichen Warteschlange vor der Kasse. Meine Tochter stupste mich an und meinte: »Schau mal, Mama, dort vorne die Familie mit den vielen Kindern ist echt süß! Ich glaube, die sind zum allerersten Mal in einem Theater.« Ich folgte ihrem Fingerzeig und sah ein Paar mit fünf kleinen Kindern, welche ganz aufgeregt herumzappelten. Die Familie wirkte so, als ob ein Theaterbesuch etwas Außergewöhnliches darstellte. Sie waren einfach, dennoch korrekt gekleidet. Mittlerweile waren alle Umstehenden entzückt von der Vorfreude der Kinderschar vor uns.

An der Kasse wurde dem Mann mitgeteilt, dass die günstigsten Karten ausverkauft, jedoch in der nächsten Kategorie reichlich Plätze vorhanden seien.

Als der Vater sich nach dem Preis der noch verfügbaren Tickets erkundigte, schien alle Farbe aus seinem Gesicht zu weichen.

Ich dachte gerade: »Die armen Kinder, wie enttäuscht werden sie sein, so kurz vor dem Ziel wieder umkehren zu müssen!« Ganz ähnliche Gedanken musste wohl auch mein Mann gehabt haben, denn er stand plötzlich neben dem Vater – bückte sich – dann klopfte er diesem auf die Schulter und sagte: »Verzeihen Sie mein Herr, dieser Geldschein ist Ihnen eben aus der Tasche gefallen.« Fassungslos und zutiefst gerührt erkannte der Vater das Geschenk, das gerade seiner Familie gemacht wurde. Er bedankte sich vielmals und ich vermeinte Tränen der Rührung in den Augen der Mutter zu erkennen.

Nicht nur ich war unglaublich stolz auf meinen Mann, der derart spontan und herzlich reagiert hat. Auch für unsere Kinder war er der Held des Tages!

Gewinn auf beiden Seiten

»Sag mal, wie kommt es, dass deine Frau sich nie über dich beklagt, obwohl du dich ständig auf dem Golfplatz herumtreibst?«

»Das ist ganz einfach. Jedes Mal wenn ich zum Golf gehe, wette ich mit ihr um einen Geldschein, dass ich vor Sonnenuntergang heimkomme.«

»Ja und, was machst du dann?« »Dann, mein Freund, dann lasse ich sie gewinnen!«

Bilanz der Geschichte:
Das Schöne ist,
dass man Gewinne als Verluste darstellen
und andererseits
Verluste als Gewinne sehen kann.

Nur drei Worte

Obwohl er der jüngste Caddie im Golfclub war, kaum eine der Regeln beherrschte und zudem über die schlechtesten Platzkenntnisse verfügte, war er mit Abstand der beliebteste und bevorzugteste Caddie.

Es lag wohl an den drei Worten, mit denen der Junge begeistert die Schläge der Golfer kommentierte:

»Ein super Schlag!«

Was für die Götter der Weihrauch,
ist für den Menschen das Lob!

Zeit ist Geld

Ein Jahr besteht aus 525.600 Minuten.
In jeder Minute, in der wir uns beeilen, um Zeit zu gewinnen, laufen wir Gefahr, viele wertvolle Stunden zu verlieren!

Unterwegs zu einem Kundenbesuch saß ich auf dem Beifahrersitz im Auto meines Abteilungsleiters. Schon innerhalb der Ortschaft war mir bei dessen Fahrstil sehr unwohl. Bei der dritten Ampel, die er bei gelb überfahren hatte, fragte ich noch höflich, warum er es so eilig habe. Seine Antwort lautete: »Zeit ist Geld!« Als er auf der Landstraße sämtliche Verkehrsschilder und Geschwindigkeitsbegrenzungen ignorierte, bat ich eindringlich:

»Könnten Sie bitte etwas langsamer fahren?« Doch er lachte mich nur aus und meinte, dass Frauen doch sehr schlechte Beifahrer wären. In diesem Zuge setzte er seinen Blinker und überholte in halsbrecherischer Geschwindigkeit drei Lastwagen, obwohl eine unübersichtliche Kurve vor uns lag!

Dieses gefährliche Überholmanöver gab mir den Rest! »Sie halten jetzt sofort an und lassen mich aussteigen. Ich rufe mir ein Taxi!«

Einige Jahre später stand ich bei einer Betriebsversammlung auf der Bühne und erhielt von Kollegen und Vorgesetzten, anlässlich meines 25-jährigen Dienstjubiläums, viele Dankesworte sowie Blumensträuße. Als Abschlussredner kam mein damaliger »rasanter« Abteilungsleiter, welcher mittlerweile zu den Vorständen zählte, mit einem überdimensionalen Blumengebinde lächelnd auf mich zu.

Über Mikrofon sprach er zu den Hunderten von Menschen im Saal: »Dieser Frau bin ich zu besonderem Dank verpflichtet, denn sie hat vor Jahren vermutlich mein Leben gerettet!«

Nicht nur ich war gespannt, welche Worte dieser Einleitung folgen würden. Im ganzen Raum herrschte absolute Stille.

Er erzählte von der lange zurückliegenden Autofahrt, als ich zum ersten und zum letzten Mal als Beifahrerin in seinem Wagen gesessen war. »Sie erklärte mir damals, dass ihre Tochter ihren Vater nie kennenlernen konnte, da er kurz vor deren Geburt unverschuldet bei einem Verkehrsunfall ums Leben gekommen war - verursacht von einem Raser wie mir!

Meine Damen und Herren, ich bin nicht stolz auf mein damaliges, halsbrecherisches Fahrverhalten. Ich hatte bis dahin sogar noch Vergnügen daran, wenn meine Beifahrer schweißgebadet oder bleich im Gesicht mein Fahrzeug verließen. Aber ich bin stolz auf diese Frau, die sich als einzige getraut hat, mir gehörig die Leviten zu lesen!

Ab diesem Tag, jedes Mal, wenn ich wieder mein Gaspedal durchtreten oder zum unvorsichtigen Überholmanöver ansetzen wollte, hörte ich die Stimme dieser Frau: >Verursacht von einem Raser wie mir!<«

Im Rahmen der Möglichkeiten

Ein Künstler malte über viele Jahre hinweg unbeachtet seine Bilder. Etliche seiner Werke verschenkte er an Nachbarn, Freunde und Verwandte.

Die Liebe zu Pinsel und Leinwand erfüllte stets sein Leben. Nie hätte er zu träumen gewagt, was dann tatsächlich geschah: Ein Galerist entdeckte eines Tages seine Bilder und beschloss, die Werke auszustellen.

Bei der Vernissage waren die geladenen Kunstliebhaber erstaunt und begeistert, die Werke eines großen Meisters zu sehen.

Der Maler betrat mit seinem Enkelsohn die Galerie und war ebenso erstaunt: »Schau, mein Junge, welch kostbare Rahmen meine Bilder bekommen haben!«

Wenn Sie sich nur im Rahmen Ihrer Möglichkeiten bewegen, dann sind Sie über Ihre Fähigkeiten nicht im Bild.

Sichtweisen

Einst gab es in einem bayerischen Städtchen zwei Wirte, deren Betriebe mächtig florierten. Beide hatten ein sehr gutes Auskommen.

Eines Tages wurde bekannt, dass im Ort ein großes, modernes Hotel gebaut werden sollte. Diese Nachricht bereitete dem einen Wirt schlaflose Nächte, da er die übermächtige Konkurrenz fürchtete. Seine Angst machte ihn mürrisch. Er verlor sowohl die Freude am Kochen als auch die Freundlichkeit gegenüber seinen Gästen. Somit vergraulte er viele seiner Gäste.

Er tätigte keine Investitionen mehr, sodass seine Wirtschaft nicht mehr einladend wirkte. Er hortete sein Geld für die schlechten Zeiten, die mit der Eröffnung des neuen Hotels unweigerlich auf ihn zukommen würden.

Der andere Gastronom hingegen machte einfach weiter wie bisher. Unmittelbar nach der Hoteleröffnung kamen viele neue Urlauber in den Ort. Die einladende Wirtschaft wurde von den Hotelgästen nicht zuletzt wegen des freundlichen Services und der guten bayerischen Küche sprichwörtlich überrannt.

Nicht die Umstände oder die Dinge an sich,
sondern unsere Sichtweisen diesbezüglich,
tragen zu unserer Angst oder Zuversicht bei.

Das Bild vom Sohn

Ein sehr wohlhabender Kunstliebhaber sammelte zeit seines Lebens besondere Bilder von außergewöhnlichen und berühmten Malern. Sein Haus glich beinahe einem kleinen Museum. Er und sein Sohn standen oft vor den großartigen Werken und erfreuten sich an all den Schöpfungen der Künstler.

Als der Krieg ausbrach, musste der geliebte Sohn in den Kampf ziehen. Er war ein sehr tapferer und mutiger Soldat. Nach Monaten erhielt der Vater die schreckliche Nachricht, dass sein Sohn an der Front gefallen war. Er verfiel in tiefe Trauer. Eines Tages, kurz vor Weihnachten, klingelte ein junger Mann an seiner Tür. »Sir, Sie kennen mich nicht, doch ich bin derjenige, für den Ihr Sohn sein eigenes Leben riskierte.« Der Vater bat ihn einzutreten. »Auch an diesem Tag hat er wieder selbstlos das Leben vieler Kameraden gerettet. Ich wurde verwundet und Ihr Sohn war gerade dabei, mich in Sicherheit zu bringen, als ihn eine Kugel mitten ins Herz traf. Er war auf der Stelle tot. Er hat sehr oft von Ihnen und der gemeinsamen Liebe zur Kunst gesprochen.«

Beinahe schüchtern reichte ihm der junge Mann ein Paket. »Ich weiß, es ist nur eine Kleinigkeit und ich bin auch kein großer Maler, doch ich glaube, Ihr Sohn hätte gewollt, dass Sie das hier bekommen.«

Der Vater erblickte das Bild und musste sich setzen. Es zeigte das Porträt seines Sohnes. Der alte Mann schaute lange Zeit wortlos auf das Gemälde. Die Art, wie der junge Soldat die Persönlichkeit seines Sohnes in dem Gemälde eingefangen hatte, beeindruckte ihn zutiefst. Die Augen seines Sohnes sahen ihm mit so viel Liebe entgegen, dass ihm selbst die Tränen der Rührung in die Augen traten. Er bedankte sich vielmals bei dem jungen Mann für das Bild und bot ihm an, dafür zu bezahlen. »Oh nein, Sir. Ich kann niemals wieder gut machen, was Ihr Sohn für mich getan hat. Es ist nur ein kleines Geschenk.«

Das Porträt bekam einen Ehrenplatz in des Vaters Kaminzimmer. Immer, wenn Besucher zu ihm kamen, wies er als erstes auf das Porträt seines Sohnes hin, bevor er ihnen ein anderes Bild aus seiner wertvollen Kunstsammlung zeigen mochte.

Als der Vater nach Jahren verstarb, sollte es zu einer Versteigerung seiner Gemäldesammlung kommen. Aus aller Herren Länder reisten Kunstliebhaber sowie viele einflussreiche und vermögende Leute an. Jeder war begeistert von der großartigen Gelegenheit, die Kunstwerke zu sehen und bestmöglich eines oder mehrere davon für die eigene Sammlung zu erwerben. Der Auktionator erhob seinen Hammer und wies auf das Gemälde, das den Sohn zeigte: »Die Versteigerung beginnt mit diesem Bild, das den Sohn des Verstorbenen zeigt. Ein erstes Gebot für dieses Gemälde?«

Im Raum herrschte Stille, bis nach einer Weile eine Stimme aus den vorderen Reihen rief: »Wir wollen die berühmten Gemälde sehen.« Doch der Auktionator fragte weiter: »Wer bietet für dieses Bild?« Wieder erhob sich eine Stimme, um ärgerlich zu verkünden: »Ich bin nicht gekommen, um dieses Bild zu sehen! Ich will die Gemälde von Van Gogh, Rembrandt und den anderen großen Meistern sehen. Machen Sie weiter mit den wirklichen Angeboten!«

Der Auktionator ließ sich nicht beirren und rief in den Saal: »Das Bild vom Sohn! Wer bietet für den Sohn?« Schließlich ertönte die leise Stimme einer alten Frau. Es war die Hauswirtschafterin, die Vater und Sohn viele Jahre gedient hatte: »Ich biete 50 Dollar für das Bild.« »Wir haben ein Gebot über 50 Dollar. Wer bietet mehr für das Bild, das dem Kunstsammler am allermeisten in seinem Leben bedeutet hat?«, fragte der Auktionator weiter. Es folgte jedoch kein weiteres Gebot. Immer mehr Unruhe kam im Raum auf. »Nun geben Sie schon das Bild der Dame und machen Sie weiter!«, wurde mehrmals gerufen. »Wer bietet 100 Dollar?«, doch kein weiteres Gebot folgte. So schwang der Auktionator seinen Hammer und sprach. »50 Dollar zum Ersten, 50 Dollar zum Zweiten und 50 Dollar zum Dritten. Verkauft für 50 Dollar an die Dame in der letzten Reihe. Die Auktion ist hiermit beendet!«

Erklärend fügte er hinzu: »Ich bin bestellt worden, um diese Versteigerung durchzuführen. Vor wenigen Minuten erfuhr ich von einer Klausel im Testament des Verstorbenen, welche ich erst jetzt bekannt geben darf. Sein gesamtes Vermögen, bis auf die Gemäldesammlung, wird an eine Stiftung gespendet, welche sich um die Hinterbliebenen der Kriegsopfer kümmert. Die komplette Gemäldesammlung geht an denjenigen, der das Porträt seines Sohnes ersteigert!« Mit diesen Worten legte er seinen Hammer nieder.

Nach einer Erzählung

Wer den wahren Wert nicht kennt,

nimmt das Wichtige für unwichtig
und das Unwichtige für wichtig.

Lu Bu We, chin. Kaufmann, Politiker und Philosoph, um 300 – 236 v. Chr.

Verborgene Schätze

Einst lebte ein junger Mann, der nur ein Ziel vor Augen hatte: Reich zu werden! Er hörte von einem Weisen, der zu jedem Anliegen einen guten Rat wusste. So schnürte er sein Bündel und machte sich auf zu dessen Hütte. Der weise Mann hieß ihn willkommen und forderte ihn zugleich auf mitzukommen, sodass er ihn zu seinem Reichtum führen könne. Der junge Mann war sichtlich aufgeregt, denn er hatte noch nicht einmal ausgesprochen, weshalb er gekommen war. Freudig und erwartungsvoll folgte er dem Weisen, bis sie an einem mächtigen Wasserfall angelangt waren.

Der Weise zeigte auf die tosenden, schillernden Wassermassen, die vom Berg herabstürzten und erklärte, dass genau darunter ein Schatz verborgen liege. Der junge Mann verlor augenblicklich seine Gesichtsfarbe und sprach seine Zweifel aus: »Der Wasserfall erscheint mir sehr gefährlich zu sein. Ich kann weder gut schwimmen noch tauchen. Zudem ist das Wasser eisig kalt und ich könnte mir eine Lungenentzündung einholen!« Der Weise unterbrach ihn mit einem gütigen Lächeln: »Siehst du, genau wie dir ergeht es vielen Menschen im Leben. Kurz vor dem ersehnten Ziel kommen Ängste und Zweifel in ihnen auf. Plötzlich fehlt es ihnen an Mut, Zuversicht sowie an Selbstvertrauen und sie hören nicht mehr auf ihre innere Stimme. Stattdessen warten sie ihr Leben lang vergeblich, dass ihnen das ersehnte Glück zufliegt.«

Plötzlich sprang der junge Mann kopfüber in das eisige Wasser. Als er endlich wieder auftauchte, war er von ganzem Herzen froh. Zum einen hatte er die Hände voller Edelsteine und zum anderem hatte er eben die wertvolle Erkenntnis über seinen inneren Reichtum gewonnen.

Nach einer Erzählung

Wir brauchen

nicht mehr Gelegenheiten,
mehr Talente oder mehr Kräfte.
Was wir am meisten brauchen, ist der Wille,
das zu nutzen, was wir haben.

Wie sehen Diebe aus?

Die Welt urteilt nach dem Scheine.

Johann Wolfgang von Goethe, 1749–1832

Voller Stolz zeigte ein Mann dem netten Nachbarsjungen seine wertvolle Münzsammlung. Als er diese am Abend wieder in seinen Tresor zurücklegen wollte, stellte er erschrocken fest, dass seine kostbarste Münze fehlte.

Am nächsten Tag beobachtete er den Jungen und dachte bei sich: »Er sieht aus wie ein Dieb, er geht wie ein Dieb und er spricht wie ein Dieb!«

Tage später steckte er ein Taschentuch in seine Jackentasche. Dabei bemerkte er etwas Hartes, griff danach und hielt die »gestohlene Münze« in seinen Händen.

Bei der nächsten Begegnung mit dem Nachbarsjungen dachte er bei sich: »Er sieht aus, geht und spricht wie jedes andere Kind.«

Strategiewechsel

Wenn du einen Feind nicht besiegen kannst,
dann mache ihn dir zum Freund.

Volksweisheit

Zwei konkurrierende Unternehmen lieferten sich über Jahre hinweg einen unerbittlichen Preiskrieg. Jeder hoffte, den anderen damit zum Aufgeben zu bewegen.

Als jedoch alles nichts half, engagierte der eine Firmeninhaber einen Top-Experten, um seinen Konkurrenten endgültig auszuschalten.

Kurze Zeit später wurde ihm zugetragen, dass sein Experte zusammen mit dem Konkurrenten in ausgelassener Stimmung in einer Bar gesehen worden sei!

Als er diesen am nächsten Morgen zur Rede stellte, antwortete er: »Ich habe Ihren Auftrag ausgeführt. Die Konkurrenz ist ausgeschaltet – ich habe sie zu unserem Partner gemacht.«

Was das Glück zerstört

Das Geld, das man besitzt, ist das Mittel zur Freiheit, dasjenige, dem man nachjagt, das Mittel zur Knechtschaft.

Jean-Jacques Rousseau, französischer Philosoph, 1712–1778

Ein chinesischer Weiser stand mit seinem Lieblingsschüler an einem Spielplatz. Der Jüngere fragte: »Wie kommt es, dass alle Menschen glücklich sein wollen und es doch oft nicht werden?«

Der Weise zeigte auf die Kinder und vermeinte, dass diese doch glücklich seien. Der Schüler stellte fest: »Das sind glückliche Kinder, die im Spiel sind. Wie ist es aber um das Glück der Erwachsenen bestellt?« »Genauso wie um das Glück der Kinder«, entgegnete der Meister und holte aus der Tasche seines Gewandes eine Handvoll Kupfermünzen und warf diese unter die Kinder.

Plötzlich verstummte das fröhliche Lachen. Das Spielen war beendet und die Kinder stürzten sich auf die Münzen. Mit großem Geschrei und Gezeter rauften sie sich um das Geld.

Der Ältere fragte: »Was nun hat das Glück der Kinder zerstört?« »Der Streit«, erwiderte der Schüler.

»Was hat den Streit erzeugt?« Der Gefragte meinte: »Wohl die Gier.«

Mit einem Schmunzeln sprach der Weise: »So hast du die Antwort auf deine Frage selbst gefunden.«

Nach einer chinesischen Geschichte

Verkaufen will gelernt sein

esunder Menschenverstand kann fast jeden Grad von Bildung ersetzen; aber kein Grad von Bildung den gesunden Menschenverstand.

Arthur Schopenhauer, Philosoph und Autor, 1788-1860

Es war einmal in einem fernen Land ein Junge, der ohne Beine geboren wurde. Um seine Familie, die sehr arm war, dennoch unterstützen zu können, setzte er sich an den Markttagen an die Straße und verkaufte seine Waren. Immer wenn sich seine Kunden nach dem Preis erkundigten, gab er ihnen die Möglichkeit zwischen einem niedrigeren und einem höheren Preis zu wählen. Stets freute er sich, wenn seine Käufer den niedrigeren Preis bezahlten und bedankte sich vielmals.

Seine vielen Kunden spotteten über sein ungewöhnliches Geschäftsgebaren und stempelten ihn zum Dorftrottel. Eines Tages beobachtete ein wohltätiger Mann das Treiben an dem Stand des Jungen und sprach den Verkäufer an: »Hör mal Junge, wenn du dich immer mit dem niedrigsten Preis zufrieden gibst, hast du weniger Geld in der Tasche und die Leute lachen dich noch dazu aus!«

»Ich danke Ihnen, mein Herr, für Ihren gutgemeinten Ratschlag«, sprach der Junge, »jedoch, wenn ich den höheren Preis verlangen würde, hätte ich nur für kurze Zeit mehr Geld. So kaufen die Kunden immer regelmäßig bei mir ein, um mir beweisen zu wollen, dass sie klüger sind als ich!«

Ein rauschendes Fest

Es lebte einmal ein glückliches Paar, das zum Zeichen seiner Liebe Hochzeit feiern wollte. Um ihr großes Glück mit vielen Menschen teilen zu können, planten die beiden ein rauschendes Fest, das niemand im Dorf jemals wieder vergessen sollte!

Sie zählten ihr Geld und merkten schnell, dass es dafür nicht reichen würde. So richteten sie an die Eingeladenen die Bitte, statt eines Geschenks eine gute Flasche Wein mitzubringen.

Es würde ein großes Fass bereitstehen, in welches der mitgebrachte Wein gegossen werden sollte, aus dem sich alle Gäste ihre Gläser füllen könnten.

Zur Feier kam auch jeder mit einer Flasche – das große Weinfass war schnell gefüllt. Die Kellner schöpften vom Fass ihre Krüge und gossen den Wein in die Gläser der Gäste.

Das Brautpaar erhob seine Gläser und wollte mit der Hochzeitsgesellschaft auf sein großes Glück anstoßen.

Beim ersten Schluck verflog plötzlich die fröhliche Stimmung und wandelte sich in Entsetzen und große Verlegenheit. Die Braut verbarg die Tränen der Enttäuschung hinter ihrem Schleier. Jeder einzelne Gast war mit einer Weinflasche gekommen, welche nur mit Wasser gefüllt war. Jeder hatte damit gerechnet, dass dies niemand bemerken würde.

Was ein rauschendes Fest werden sollte, endete zumindest in einem unvergesslichen Fest.

Nach einer Geschichte

Kann man mit Geld alles kaufen?

Sage nicht immer:
»Wenn ich Zeit dazu habe.«
Vielleicht findest du nie Zeit dafür.
Daher nimm dir Zeit, für alles, was dir am Herzen liegt!

Tante Mathilde war gerade zu Besuch auf dem Sternöderhof, um ihre Weihnachtsgeschenke abzuliefern. Die fünfjährige Anna hörte die Stimme ihrer Taufpatin und stürmte freudig ins Wohnzimmer, um sie zu begrüßen. Als ihr die Tante ein paar Münzen zusteckte, strahlte sie übers ganze Gesicht, verschwand und kam umgehend mit einem vollen Sparschwein zurück. Die Kleine fragte: »Du, Tante, mit Geld kann man doch alles kaufen, oder?« Die Tante meinte: »Na ja, vielleicht nicht alles, aber man kann sich viele Wünsche erfüllen.« Ganz aufgeregt murmelte das Kind vor sich hin: »Hoffentlich reicht das Geld.«

Die Tante war nun neugierig geworden und wollte wissen, für was sie denn so viel Geld brauche?

»Die Mama sagt immer, wenn sie sich ein paar Stunden Zeit kaufen könne, dann würde sie so gerne mit mir spielen. Tante, kannst du nicht in der Stadt für Mama ein paar Stunden Zeit kaufen, damit sie mehr Zeit für mich hat?«

Die Tante war gerührt und versprach, ihr Möglichstes zu tun. Sie ging nachdenklich in die Küche, wo sie ihre Schwester mit hochrotem Kopf beim Putzen vorfand.

Gleich fing diese an zu jammern, wie viel Arbeit sie habe, dass nur noch zwei Wochen bis Weihnachten seien und dass sie noch kein einziges Geschenk gekauft habe … Die Tante unterbrach deren Redeschwall, hielt ihr das Sparschwein hin und fragte, ob sie wisse, wofür Anna hier spare?

Auf ihre Verneinung hin erklärte sie, dass Anna von diesem mühsam zusammengesparten Geld ein paar Stunden Zeit kaufen wolle, um die Mama auch mal für sich allein zu haben! Betroffen wischte die Mutter ihre Hände an der Schürze ab und setzte sich auf einen Stuhl.

Mathilde legte ihr die Hand auf die Schultern und sagte, noch bevor sie ging: »Weißt du, wenn deine Kinder groß sind, werden sie sich nicht an deine sauberen Fenster oder deinen perfekten Garten erinnern. Doch die Zeit, die du mit ihnen verbracht hast, bleibt für immer unvergessen!«

Die Mutter stellte den Putzeimer zur Seite und ließ ihre Arbeit ruhen. Sie band ihre Schürze ab und ging mit Tränen der Rührung ins Kinderzimmer.

Des Nachbars Kaninchen

In einem Dorf lebten seit vielen Jahren zwei benachbarte Familien harmonisch nebeneinander. Die gleichaltrigen Kinder trafen sich täglich zum Spiel. Daher gab es zwischen den Grundstücken auch keinen Gartenzaun. Die eine Familie hatte einen Hund, die andere besaß Kaninchen. Selbst die Haustiere lebten friedlich zusammen und suchten oft die benachbarten Gärten auf. Der Nachbar mit dem Hund befürchtete lange Zeit grundlos, dass seinen friedlichen Vierbeiner irgendwann doch der Jagdtrieb packen und er über die Kaninchen herfallen könne. Tatsächlich schleppte der Hund eines Tages ein totes Kaninchen an, das über und über mit Erde und Schlamm verdreckt war! Der Hundebesitzer erschrak zutiefst! Er beschimpfte das Tier und sperrte es umgehend in den Zwinger ein. Die Angelegenheit war ihm äußerst peinlich, zudem fürchtete er um das gute nachbarschaftliche Verhältnis! Außerdem wollte er den Kindern den Schock ersparen, dass nach so vielen Jahren letztendlich der Hund doch seinem Jagdtrieb erlegen war. Ohne lange zu überlegen, nahm er das tote Kaninchen mit ins Haus, wusch es und trocknete es mit dem Föhn. Anschließend brachte er es heimlich auf das Nachbargrundstück und legte es so ab, dass es aussah, als wäre der Spielkamerad friedlich eingeschlafen. Am nächsten Abend traf er seinen Nachbarn am Stammtisch, der ihm ganz aufgeregt Folgendes erzählte: »Bei uns hat sich etwas sehr Merkwürdiges ereignet! Unser altes Kaninchen ist vor wenigen Tagen verstorben. Ich habe im Garten ein Grab geschaufelt und das Tier selbst begraben. Heute jedoch, du wirst es nicht glauben, lag das Kaninchen wie schlafend mit glänzendem Fell wieder auf unserem Rasen!?«

Nach einer Geschichte

Alle Heimlichkeiten

bleiben es nur eine Weile.

Christina von Schweden, schwedische Königin, 1626–1689

Verlässliche Wettervorhersage?

Prognosen sind eine schwierige Sache.
Vor allem, wenn sie das Wetter betreffen.

Eine Gruppe von Indianern suchte einen Schamanen auf, der bis über die Landesgrenzen hinaus für seine Hellsichtigkeit bekannt war. Sie befragten ihn, wie der kommende Winter werden würde. Der Schamane entzündete ein Feuer aus verschiedensten Hölzern und warf besondere Kräuter in die Flammen. Singend tanzte er um das Feuer herum und rief die mächtigen Geister zu sich.

Nach Beendigung seiner Zeremonie teilte er den Indianern Folgendes mit:

»Ich habe gesehen, dass ein sehr strenger und kalter Winter auf euch zukommt. Sammelt so viel Holz, wie ihr nur könnt, denn ihr werdet es dringend brauchen!«

In den nächsten Tagen verbreitete sich diese besorgniserregende Botschaft unter allen Indianerstämmen. Nach einigen Wochen jedoch überkamen den Hellsichtigen Zweifel an seiner Vorhersage.

So rief er beim meteorologischen Wetterdienst an und erkundigte sich nach den Wetterprognosen für den kommenden Winter. Der Meteorologe am anderen Ende der Leitung antwortete ihm: »Es wird mit Sicherheit ein sehr strenger Winter auf uns zukommen, denn man sieht überall Indianer, die wie verrückt Holz sammeln!«

Nach einer Erzählung

Wie sind wohl die Nachbarn?

Der Mensch ist der Spiegel der Welt.
Von ihm hängt es ab, ob das Spiegelbild klar oder beschlagen ist.

Wilhelm Raabe, deutscher Schriftsteller, 1831–1910

Ein Mann suchte den Bürgermeister eines Dorfes auf: »Ich erwäge, in Ihre Gemeinde zu ziehen. Doch ich frage mich, wie wohl meine Nachbarn sind? Sie können mir doch sicher etwas über die Leute hier im Ort erzählen.« Der Bürgermeister fragte: »Wie sind denn die Menschen dort, wo Sie herkommen?« Der Besucher antwortete: »Ach, diese sind allesamt Lügner und Betrüger sowie sehr unfreundliche Zeitgenossen!«

Da erwiderte der Bürgermeister: »Die Menschen hier sind wohl vom gleichen Schlag.« Der Mann verabschiedete sich und kehrte nie mehr zurück.

Tage später betrat ein anderer Fremder das Dorf. Er machte den Bürgermeister ausfindig und sagte: »Ich trage mich mit dem Gedanken, in dieses schöne Dorf zu ziehen. Können Sie mir etwas über die Menschen sagen, die hier leben?« Wiederum bat der Bürgermeister: »Erzählen Sie mir doch, wie die Menschen sind, unter denen Sie bisher gelebt haben.«

Der Fremde entgegnete: »Ach, die sind freundlich, hilfsbereit und gutmütig. Allesamt besonders liebe Menschen, die ich sehr vermissen werde.« Der Bürgermeister antwortete: »Genauso sind die Menschen hier in unserem Dorf.«

Vertauschte Rollen

Nicht jeder Mensch, der Wissen und Nachrichten verbreitet, versteht sein Gesagtes.
Sich nur rhetorisch gut zu verkaufen reicht nicht, um auf Fragen antworten zu können.

Ein angesehener Wissenschaftler hielt seit Jahren, weit über die Landesgrenzen hinaus, Vorträge über sein Fachgebiet. Als Redner war er sehr geschätzt und seine Zuhörer waren stets voll des Lobes.

Eines Tages saß er in seiner Limousine, um sich von seinem Chauffeur zu einem äußerst wichtigen Kongress fahren zu lassen. Die Anreise war weit und der Wissenschaftler spürte, dass er eine Grippe bekommen würde. Er wurde von Stunde zu Stunde immer schwächer und kränklicher. Schließlich konnte er nur noch krächzend Worte von sich geben. Der Vortragsredner fühlte sich außerstande, über einen Zeitraum von mehr als zwei Stunden auf der Bühne zu stehen und zu sprechen. Sein Chauffeur war voller Mitleid und bot ihm hilfsbereit jede Unterstützung an. Der Wissenschaftler überlegte kurz und meinte dann: »Seit Jahren fahren Sie mich zu meinen Vorträgen, sitzen immer mit im Saal und haben meinen Vortrag schon hundertfach gehört. Könnten Sie den Vortrag für mich übernehmen? Sie wissen doch, was ich immer sage. Noch dazu ähneln wir uns etwas. Wir könnten mit Leichtigkeit unsere Kleidung und unsere Rollen tauschen.«

Der Chauffeur willigte zögerlich ein. Kurze Zeit später trat er an das Rednerpult und hielt den Vortrag, welchen er beinahe auswendig kannte.

Während des Redens gewann er an Sicherheit und machte seine Sache sehr gut. Er erntete tosenden Applaus. Noch bevor er von der Bühne treten konnte, eröffnete der Veranstalter zu seinem Schrecken eine Diskussionsrunde. Die ersten Fragen waren typische Klassiker, die beinahe jedes Mal gestellt wurden. Der Fahrer kannte die Antworten und meisterte auch diesen Part grandios.

Doch dann stellte ein anderer Wissenschaftler eine lange, komplizierte Frage, die ihm gänzlich neu war. Der Chauffeur grübelte einen kurzen Moment, bis er ganz souverän antwortete: »Diese Frage ist ein entscheidender Aspekt. Die Antwort jedoch ist so einfach, die kann Ihnen sicherlich auch mein Chauffeur geben.«

Mit einer entsprechenden Handbewegung gab er die Frage an den wahren Wissenschaftler weiter.

Nach einer Geschichte

Die heutige Jugend

Vorurteile sind unsichtbare Handschellen.

Sprichwort

An einem eisigen Wintertag wartete ich in einer überfüllten Bahnhofshalle auf meinen Zug. Beim Einsteigen herrschte ziemliches Gedränge. Deshalb nahm auch kaum jemand wahr, dass eine alte Frau von einem rücksichtslosen jungen Mann angerempelt worden war und beinahe zu Boden gefallen wäre, wenn ich sie nicht aufgefangen hätte!

Diese Frau saß mir dann im Zug dankbar gegenüber. Wir kamen ins Gespräch und ich erkundigte mich noch einmal nach ihrem Wohlbefinden.

Die Jugend von heute ist einfach nicht mehr das, was sie früher einmal war, so endeten meine Worte.

Als der Schaffner kam, um die Fahrkarten zu kontrollieren, stellte die Frau erschrocken fest, dass ihre Geldbörse gestohlen worden war! Der alten Dame kamen die Tränen und sie erzählte, dass sie eben auf der Bank ihre monatliche Rente abgehoben hatte.

Im Zugabteil wurde es ganz still und es schien, dass jeder mit dieser Frau mitempfand.

Als ein junger Mann anfing, auf seiner Mundharmonika eine fröhliche Melodie zu spielen, hätte ich mich beinahe darüber empört. Ich fragte mich, wie wenig Feingefühl doch die

Jugend heutzutage haben müsse, um in solch einer Situation Heiterkeit zu verbreiten. Es kam noch schlimmer! Nach seiner Darbietung zog der junge Mann seine Mütze vom Kopf und ging im Zug umher, um Geld zu sammeln. Es schien, dass ihm wirklich alle Fahrgäste Geld gaben, ich sah sogar, dass manche Scheine zückten! Ganz zum Schluss kam er zu mir. Nein, ich wollte keinen Bettler unterstützen, der noch dazu zwei gesunde Hände zum Arbeiten hatte! Also stellte ich mich schlafend, sodass er mich zum Glück nicht ansprach.

Dann passierte jedoch etwas, das mich zutiefst erstaunen ließ. Der Mundharmonikaspieler ging zu der bestohlenen Frau und schüttete das gesammelte Geld auf deren Schoß! Er lächelte sie an und sagte, dass jeder im Zug von Herzen gerne etwas gegeben habe. Beschämt erkannte ich meinen Irrtum und wollte gerade doch noch nach meiner Brieftasche greifen.

Aber dazu war es zu spät, die alte Frau war bereits aus dem Zug ausgestiegen. Ich sah sie mit Tränen der Rührung am Bahnsteig stehen. Dankbar winkte sie den hilfsbereiten und großzügigen Menschen im Zug hinterher.

Der Besitz von Erde

Der echte Name für Glück ist Zufriedenheit.

Henri Frédéric Amiel, schweizer Philosoph, 1821–1881

Ein reicher Großgrundbesitzer war in die Jahre gekommen. Da er keine eigenen Kinder hatte, wollte er sich bei seinen treuesten Arbeitern bereits zu Lebzeiten für deren Dienste erkenntlich zeigen. So hatte er auch einen zuverlässigen Verwalter, ohne den er es nicht so weit gebracht hätte. Diesem gedachte er Land zu schenken, so viel er sich nur wünsche. Die einzige Bedingung war, dass sein künftiges Land in der Zeitspanne zwischen Sonnenaufgang und Sonnenuntergang zu Fuß zu umschreiten sei. Nur wenn er vor Sonnenuntergang wieder an seinem Ausgangspunkt angelangt sei, würde ihm all jenes Land gehören.

Der Mann war zunächst überglücklich, da er sich bewusst war, dass er keinen halben Tag brauchen würde, um das Land zu umschreiten, mit dem er bis zu seinem Lebensende ausgesorgt habe. So ging er frohen Mutes los, ohne Hast und Eile.

Doch plötzlich kam ihm der Gedanke, dass er solch eine Gelegenheit nie wieder bekäme. Er dachte an den Reichtum, den er mit einem größeren Grund erlangen könne, und seine Schritte wurden schneller.

Er malte sich aus, wozu er den neu erworbenen Reichtum verwenden könne, und er begann zu laufen. Der Großgrundbesitzer ritt währenddessen in einem gewissen Abstand hinter ihm her.

Der Verwalter prüfte stets den Stand der Sonne, um nur ja nicht den Zeitpunkt seiner Rückkehr zu versäumen. So zog er seinen Kreis und befand sich schon auf dem Weg zu seinem Ausgangspunkt. Da kam er an einem See vorbei, in dem er immer so gerne gebadet hatte. Er begann zu rennen, um sich auch diesen noch einzuverleiben. Sein Atem wurde zum Keuchen und sein Hemd war längst bis auf die Haut durchgeschwitzt. Kurz vor dem Ziel sah er noch das kleine Birkenwäldchen. Er warf einen Blick zur Sonne und beschloss, dass er sich nur noch ein einziges Mal abmühen müsse, dann könne er sein Leben in Saus und Braus genießen!

Da rannte er weiter, wie um sein Leben, um auch den Wald sein Eigen nennen zu können.

Gerade noch rechtzeitig erreichte er den Ausgangspunkt. Überglücklich schaute er auf seine neu erworbenen Ländereien.

Doch sein Herz war dieser enormen Belastung nicht gewachsen. Er brach vor Erschöpfung zusammen und starb. So blieb ihm nur noch ein winziges Stück Erde auf dem Friedhof, mehr brauchte er nun nicht mehr.

Nach einer Erzählung

Ein Lebenswerk

Es hört doch jeder nur, was er versteht.

Johann Wolfgang von Goethe, deutscher Dichter, 1749–1832

Es war einmal ein fleißiger, alter Weinbauer, der spürte, dass seine Zeit gekommen war. Er hatte den innigen Wunsch, dass sein Lebenswerk auch in den nächsten Generationen weiterbestehen möge. Doch seine drei Söhne verrichteten stets nur die nötigsten Arbeiten und sprachen lieber dem Wein als der Pflege der Reben zu. So ließ sie der Vater an sein Sterbebett rufen und sprach: »Meine lieben Söhne, meine Stunden sind gezählt. Alles Vermögen, das ich euch hinterlasse, werdet ihr, wenn ihr gründlich sucht, in unseren Weinbergen finden!«

Die Söhne glaubten, dass der Vater dort seine Münzen versteckt haben müsse und machten sich sogleich an die Arbeit. Nach vielen Wochen des Umgrabens gaben sie resigniert auf, ohne das Gesuchte gefunden zu haben. Doch ganz umsonst war ihre Arbeit nicht. Die Weinstöcke freuten sich über die lockere Erde und trugen Früchte in Hülle und Fülle. Da erahnten die Söhne die List ihres seligen Vaters. Sie waren ihm jedoch nicht gram, sondern erkannten nun die Schätze der Weinberge und sahen diese in einem ganz neuen Licht. Fortan erfreuten sie sich an den Früchten ihrer Arbeit. Das Wissen um den richtigen Weinbau wurde über viele Generationen weitergegeben, und heute zählt das Weingutzu den besten des Landes.

Andere Länder, andere Sitten

Vergesst nie, dass auch euer Tun
einmal Tradition wird.

Paul von Hindenburg, Reichspräsident und -kanzler, 1847–1934

In einem fernen Land war es vor vielen Jahren der Brauch, dass alte, gebrechliche Menschen in den Bergen ausgesetzt und sich selbst überlassen werden. Ein junger Bauer trug eines Tages seinen alten Vater in das Gebirge. Als er ihn absetzen und verabschieden wollte, bat der Alte, ihn noch ein wenig höher zu tragen. Er selbst hätte seinen Vater vor dreißig Jahren bis zu dieser Stelle getragen und er wolle an einem anderen Ort sterben. Da wurde dem jungen Mann bewusst, dass es ihm in etlichen Jahren ebenso ergehen würde. So nahm er seinen Vater wieder auf den Rücken, kehrte um und versteckte ihn im Haus.

Bald fiel es den Dorfbewohnern auf, dass der Hof des jungen Bauern sichtlich aufblühte. Die Nachbarn wollten nun von ihm wissen, von wem er all die schlauen Ratschläge bekäme, die sein Wirtschaften florieren ließen?

Da gestand er, dass er die Tradition gebrochen habe, und holte seinen Vater aus dem Haus. Von diesem Tag an brachte niemand mehr die Gebrechlichen ins Gebirge. Das kleine Dorf entwickelte sich daraufhin zu einer prächtigen Stadt, in der die Alten bis heute einen besonderen Stellenwert haben.

Nach einer Geschichte aus Japan

Zur richtigen Zeit

Vor langer Zeit, in einem fernen Land, rettete ein Mann die Tochter eines Durchreisenden vor dem Ertrinken. Zum Dank für die beherzte Rettung bekam er einen Papagei als Geschenk. Als er daheim angekommen war, sprach er: »Bunter Vogel, so will ich doch sehen, ob ich dir das Sprechen beibringen kann.« »Du brauchst mich nichts zu lehren«, erwiderte der Papagei, »ich verstehe sehr wohl deine Sprache.«

Der Mann war ebenso überrascht wie erfreut über dieses edle Tier. Eilends begab er sich mit seinem neuen Hausgenossen in das Kaffeehaus zu seinen Freunden. Stolz verkündete er, dass er einen großartigen, sprechenden Vogel sein Eigen nennen dürfe! Doch das Tier saß erhaben auf seiner Schulter und gab keinen einzigen Laut mehr von sich. Spöttisch wurde dem Mann eine Zehn-zu-eins-Wette angeboten, dass der Papagei gar nicht sprechen könne. Stolz, wie er war, nahm er die Wette an, aber selbst nach einer Stunde guten Zuredens gelang es ihm nicht, den Papagei zum Sprechen zu bringen. Unter dem Spott seiner gut gelaunten Freunde verließ der Mann das Kaffeehaus. Zu Hause sprach er zu dem Papagei: »Was ist mit dir los, du dummer Vogel? Weißt du, wie viel Geld ich deinetwegen verloren habe?«

Der bunte Vogel konnte nun wieder deutliche Worte sprechen: »Der Dummvogel bist du selbst, denn wenn du morgen wieder mit mir ins Kaffeehaus gehst, werden die Wetten hundert zu eins laufen und ich versichere dir, dann wirst du mit großem Gewinn nach Hause gehen!«

Nach einer Geschichte

Die Klugheit

ist sehr geeignet, zu bewahren, was man besitzt,
doch allein die Kühnheit versteht zu erwerben.

Friedrich II, König v. Preußen, 1712–1786

Ein unvergesslicher Tag

Es waren einmal drei Kinder, die sich frühmorgens auf den Weg machten, um Pilze zu sammeln. Lange Zeit liefen sie erfolglos im Wald umher, bis sie endlich wohlschmeckende Pilze in Hülle und Fülle fanden. Sie waren so mit dem Sammeln der kostbaren Waldfrüchte beschäftigt, dass sie unbemerkt immer tiefer in den Wald hineingerieten. Glücklich und zufrieden schauten sie auf ihre gefüllten Körbe. Als sie sich wieder auf den Heimweg machen wollten, mussten sie zu ihrem Entsetzen feststellen, dass sie sich ausweglos verlaufen hatten.

Das erste Kind überkam die Angst und Sorge: »Was ist, wenn wir die Nacht im kalten Wald verbringen müssen? Wenn wilde Tiere kommen …?«

Das zweite Kind begann zu weinen und meinte: »Hätten wir doch nur nicht den gewohnten sicheren Weg verlassen!«

Das dritte Kind lächelte und sagte: »Was seid ihr so besorgt? Freut euch doch! Schaut in eure Körbe, solch eine Ausbeute an Pilzen haben wir noch nie gesehen. Diesen Tag werden wir sicher nie wieder vergessen!«

Plötzlich hörten die Kinder aus der Ferne das Wiehern von Pferden. So schnell es ihre müden Beine und schwer beladenen Körbe erlaubten, rannten die drei in diese Richtung.

Gerade noch rechtzeitig gelangten sie an eine Straße, an der soeben eine Pferdekutsche mit drei Männern entlangfuhr. Die Kinder beobachteten, dass der Kutscher durch ein Fernrohr sah und sehr angstvoll vorausschaute.

Hinten am Wagen blickte ein Mann sehr bedrückt zurück. Bequem in der Mitte jedoch saß ein vergnügter alter Mann, der die Kinder freundlich zum Mitfahren einlud.

Die Kinder sprangen erleichtet auf und bedankten sich bei den drei Männern für deren Hilfe. Doch der Vorder- und Hintermann nahmen die zugestiegenen Fahrgäste gar nicht wahr.

Die Kinder fragten deshalb den vergnügten Mann, was die beiden anderen mit ihren großen Fernrohren täten?

Der Mann deutete auf den Vordermann und sagte: »Das ist Herr Zukunft. Er tut nichts anderes, als vorauszuschauen, zu planen, sich zu sorgen und zu ängstigen. Der andere ist Herr Vergangenheit. Er schaut stets nur zurück und oft bedauert oder bereut er etwas.«

Neugierig fragten die Kinder, wer denn er sei?

»Mein Name ist Herr Gegenwart«, antwortete er strahlend. »Ich lebe im Hier und Heute! Ich nehme alles um mich herum wahr. Die Sonne, die herrlichen Landschaften mit ihren Blumen, Bäumen, Tieren und Gebäuden. Ich sehe alle Menschen, nur so habe ich auch euch entdeckt!«

Aufmerksam lauschten die Kinder seinen Worten, als er weitersprach: »Auch ich schaue immer wieder sorgsam voraus, um meinen Weg zu erkennen. Ebenso werfe ich auch immer wieder einen Blick auf meine Vergangenheit, um aus meinen Erfahrungen zu lernen. Doch mein wirkliches Leben findet nur in der Gegenwart statt, denn das Morgen ist noch nicht geboren und das Gestern ist bereits geschehen.«

Inzwischen hatte die Kutsche den Wald verlassen und die Kinder befanden sich wieder in ihrer vertrauten Umgebung.

Sie bedankten sich vielmals bei Herrn Gegenwart, der sie sicher nach Hause gebracht und ihnen neue Erkenntnisse mit auf den Weg gegeben hatte.

An diesem Tag waren die Kinder besonders reich beschenkt worden. Sie hatten nicht nur erlesene Pilze gefunden, sondern auch noch wertvolle Erfahrungen mit auf ihren Lebensweg bekommen.

Das Heute ist alles, was wir haben.

Wenn wir dies nicht nutzen und genießen,
und dankbar dafür sind,
vergeuden wir viel wertvolle Zeit.
Die Gegenwart ist die Frucht der Vergangenheit
und der Samen der Zukunft.

Herzensgüte auf dem Prüfstand

Gesunde Vernunft, die von Herzensgüte durchwärmt und durch Erfahrung geschult wird, gestaltet sich zu praktischer Weisheit.

Samuel Smiles, schottischer Schriftsteller, 1812–1904

In einer indischen Kleinstadt lebte vor etlichen Jahren eine junge Frau, die bei einem Meister die »Meditation der Herzensgüte« erlernt hatte. Stets füllte sie ihr Herz mit liebender Güte für alle Wesen. Doch jeden Mittag, wenn sie im Basar ihr Essen holte, wurde ihre Herzensgüte schwer geprüft. Denn ein Ladeninhaber stellte ihr anzüglich nach und überschüttete sie mit unerwünschten Liebkosungen.

Eines Tages konnte sie das unverschämte Benehmen des Mannes nicht mehr ertragen und jagte ihn mit erhobenem Schirm die Straße hinunter. Trotz ihrer Wut ließ sie plötzlich von dem Gejagten ab und blieb abrupt stehen. Denn zu ihrer größten Verlegenheit erkannte sie am Straßenrand ihren Lehrer, der das ganze Spektakel mit ernstem Gesicht beobachtet hatte. Zutiefst beschämt erwartete sie, dass er sie wegen ihres Zorns tadeln würde, und sie versuchte sich zu erklären.

Stattdessen sprach der Meister freundlich: »Fülle stets dein Herz mit liebender Güte. Aber schlage mit so viel Achtsamkeit, wie du aufbringen kannst, diesem unverschämten Kerl deinen Schirm gehörig auf den Kopf!«

Nach einer Geschichte

Was Freundschaft bewirken kann

Es sind die Begegnungen mit Menschen,
die das Leben lebenswert machen.

Guy de Maupassant, französischer Schriftsteller, 1850–1893

In meiner Jugend war das Fußballspielen mein Lebensinhalt. Ich verbrachte jede freie Stunde mit meinen Kumpels auf dem Bolzplatz. Fast täglich sah ich am Rande des Platzes einen Jungen, der alleine mit seinem Ball vor sich hin kickte.

Raphael war neu an der Schule und ging in meine Parallelklasse. Ich mochte ihn nicht ansprechen. Was soll man auch zu einem Jungen sagen, der keine Arme hat? Bald darauf wurde ich zum neuen Kapitän der Schulmannschaft gewählt und war mächtig stolz! Ich war ein richtig cooler Typ! Unter meiner Führung siegten wir fast immer und die Mädchen scharten sich reihenweise um mich! Am Ende der Saison hatten wir ein äußerst wichtiges Spiel, von dem unser Aufstieg in die nächste Liga abhing! Doch an jenem ereignisreichen Tag mussten wir ohne Austauschspieler ins Spiel gehen, da ein schlimmer Virus die Hälfte meiner Mannschaft lahmgelegt hatte. Die Gegner sahen darin ihre Chance und setzten noch dazu unseren besten Spieler außer Gefecht. Ich schaute hilflos in die Zuschauermenge und entdeckte dort Raphael. Ich hatte nichts mehr zu verlieren und so rief ich ihm zu: »Hey, Raphael, kannst du uns aushelfen?« Er warf sich unser Trikot über und kam zu uns auf das Spielfeld. Lag es daran, dass unsere Gegner von dem Erscheinungsbild unseres neuen Spielers irritiert waren oder an seiner genialen Spieltechnik? Ich weiß es nicht.

Wichtig war, dass wir gewonnen haben. Und nicht einfach nur gewonnen, sondern mit einem sensationellen Ergebnis von 10:1!!! Nach dem Spiel nahm ich Raphael in die Arme, um mich bei ihm zu bedanken. Niemals werde ich diese Umarmung vergessen. Ich lernte, dass Berührungen nicht von Körperteilen kommen, sondern von Herzen! Von diesem Tag an entwickelte sich eine Freundschaft zwischen uns. Wir gingen gemeinsam zum Fußball, ins Kino und auf Partys. Raphael blühte immer mehr auf. Er wurde zum besten Spieler unserer Mannschaft. Zum Schulabschluss sollte Raphael als Schülersprecher eine Rede halten. Ich hätte nicht mit ihm tauschen wollen. Auf der Bühne vor Hunderten von Menschen zu sprechen, das war echt nicht mein Ding.

Raphael bestieg sichtlich aufgeregt das Podium. Er begann seine Rede und holte weit aus. Er erklärte den Zuhörern, dass er bereits ohne Arme auf die Welt gekommen sei. Seine Eltern hatten ihn jedoch nie seinen körperlichen Mangel spüren lassen und in seinem Heimatdorf hatte er seinen festen Platz in der Gemeinschaft. Als jedoch seine Eltern bei einem tragischen Autounfall ums Leben kamen, musste er zu seiner Großmutter ziehen. Ganz alleine in der fremden Stadt, ohne Freunde, kam er sich ziemlich verloren vor. Er schluckte kurz und sprach weiter: »Das war die schlimmste Zeit meines Lebens. Ich sah keinerlei Sinn mehr in meinem Dasein und überlegte schon, mir das Leben zu nehmen.

Doch das konnte ich meiner Großmutter nicht antun, die sich so rührend um mich kümmerte und versuchte, mir Vater und Mutter zu ersetzen.« Im Publikum vermeinte man, eine Nadel fallen zu hören. Raphael lächelte mir dankbar zu und fuhr fort: »Die Lebensfreude kehrte an jenem Tag wieder zu mir zurück, an dem mich mein bester Freund auf das Fußballfeld rief.«

Auf keinen grünen Zweig kommen?

Es war einmal ein Gasthaus, das den stolzen Namen »Zum goldenen Hirschen« trug. Das Haus stand an einer stark befahrenen Straße, auf der viele Reisende vorüberzogen. Die Wirtschaft war sauber und die Küche vorzüglich, die Bediensteten waren freundlich und die Preise günstig. Dennoch kam der Wirt auf keinen grünen Zweig, da nur wenige Reisende bei ihm einkehrten.

In seiner Verzweiflung suchte er einen Weisen auf und bat um dessen Hilfe. Dieser gab ihm den Rat, dass er lediglich den Namen seines Gasthauses ändern müsse. Doch der Wirt meinte, dies wäre unmöglich, da seit Generationen das Haus unter dem Namen bekannt sei. Der Weise erwiderte bestimmt: »Nenne dein Gasthaus ›Zu den sieben Glocken‹ und hänge unter dem Schild nur sechs Glocken auf!« Der Wirt war verwirrt und fragte, was dies bewirken solle? Der Weise antwortete ihm lächelnd: »Wage einen Versuch und sieh selbst, was geschieht.«

Da der Gastwirt nichts mehr zu verlieren hatte, befolgte er den Rat des Weisen. Von diesem Tag an hatte er nun stets seine Stube voller Gäste, sogar die Zimmer waren meist ausgebucht! Denn jeder Reisende, der an dem Gasthaus vorbeikam und das fragwürdige Schild sah, wollte den Wirt auf seinen Fehler aufmerksam machen. Alle waren in dem Glauben, dass dies noch keinem aufgefallen sei. Hatten die Reisenden erst einmal die gemütliche Gaststube betreten, waren sie angetan von der freundlichen Bedienung und den Genüssen der Küche.

Nach einer Geschichte

Der Vorteil der Klugheit

besteht darin, dass man sich dumm stellen kann.
Das Gegenteil ist schon schwieriger.

Kurt Tucholsky, deutscher Journalist und Schriftsteller, 1890–1935

Die Macht der Sorgen

Obwohl sie meist keine hundert Jahre alt werden, bereiten sich die Menschen Sorgen für tausend Jahre.

Um das Jahr 1925 lebte in Amerika ein strebsamer Geschäftsmann. Dieser hatte so viele Sorgen, dass er Geschwüre bekam, die seinen Magen zerfraßen.

Eines Tages wurde er mit schrecklichen Blutungen ins Krankenhaus eingeliefert und nahm beängstigend an Gewicht ab. Ein berühmter Magenspezialist erklärte ihn letztendlich für unheilbar krank! Nach Monaten der Krankheit sagte der Unternehmer zu sich: »Na, wenn ich nichts anderes mehr zu erwarten habe als einen langsamen Tod, dann kann ich mit der Zeit, die mir noch bleibt, ebenso gut was Besseres anfangen.« Er wollte schon immer eine Schiffsreise um die Welt machen. So erklärte er den Ärzten, dass er noch verreisen möchte, bevor er sterbe, es sei wohl höchste Zeit dazu!

Die Ärzte waren entsetzt! Sie meinten, dass dies unmöglich wäre, dass er auf der Reise sterben würde und man ihn dann sicherlich auf hoher See bestatten würde. Da er seiner Familie versprochen hatte, sich im Familiengrab beisetzen zu lassen, ließ er sich seinen Sarg anfertigen und vereinbarte mit der Schiffgesellschaft, diesen nach der Rückkehr seiner Familie zu übergeben. Bereits an Bord fühlte er sich immer besser.

Er hörte auf, die ärztlichen Anweisungen zu befolgen und aß bald auch ungewohnte und bisweilen exotische Gerichte. Nach Wochen rauchte er sogar eine Zigarre und trank ein Gläschen Alkohol. Er genoss sein Leben wie seit Jahren nicht mehr.

An Bord war er sehr beliebt. Er beteiligte sich an Spielen, sang Lieder, schloss neue Freundschaften und blieb halbe Nächte lang auf. Als er China und Indien erreichte, stellte er schnell fest, dass seine geschäftlichen Sorgen im Vergleich zu dem Hunger und Elend in diesen Ländern das reine Paradies waren. Er hörte auf, sich Gedanken zu machen und sich sinnlos zu ängstigen, und er fühlte sich großartig dabei!

Bei seiner Rückkehr in die Staaten hatte er wieder kräftig zugenommen und seine Magengeschwüre waren so gut wie vergessen. Es war ihm noch nie in seinem Leben so gut gegangen! Er fing wieder an zu arbeiten und war keinen Tag mehr krank!

Er war sich sicher, dass er im Sarg heimgekehrt wäre, wenn er sich auf seiner Reise weiter mit Sorgen gequält hätte.

So aber entspannte er sich und vergaß all seine vermeintlichen Probleme und Schwierigkeiten. Seine Ruhe und sein innerer Frieden verliehen ihm die Kraft, die ihm buchstäblich das Leben rettete!

Nach einer Geschichte

Die „Sonnen-Rose"

Die Schönheit liegt im Auge des Betrachters.

Thukydides, griechischer Flottenkommandant, Historiker, um 455 - 396 v. Chr.

Es war einmal ein berühmter Rosenzüchter, der verzweifelt versuchte, den Löwenzahn aus seinem prachtvollen Garten zu verdammen.

Eines Tages bewunderte seine kleine Enkelin den blühenden Löwenzahn und meinte überglücklich, dass jene Blumen die schönsten »Sonnen-Rosen« seien, die es auf der ganzen Welt gäbe.

Da sah der Rosenzüchter die Pflanze erstmals wirklich an und plötzlich rührte das prachtvolle Gelb dieses kleinen Gewächses sein Herz.

An diesem Tag begann er, so wie seine Enkelin, den Löwenzahn zu lieben.

Zugleich wuchsen all seine Rosen noch prachtvoller – umgeben von unzähligen »Sonnen-Rosen«.

Ich möchte dich lieben ...

Vergiss nicht, dass die beste Beziehung die ist, in der eure Liebe füreinander euer Bedürfnis, einander zu brauchen, übersteigt.

Tenzin Gyatso, 14. Dalai Lama, geb. 1935

Ich möchte dich lieben, ohne dich einzuengen.

Ich möchte dir etwas schenken, ohne Erwartungen
daran zu knüpfen.

Ich möchte dich wertschätzen, ohne dich zu bewerten.

Ich möchte deine innigsten Gefühle kennen,
ohne dir zu nahe zu treten.

Ich möchte dir Zeit schenken, ohne dir Zeit zu stehlen.

Ich möchte dich einladen, ohne Gegenleistung zu erwarten.

Ich möchte mich an dich schmiegen,
ohne dich zu erdrücken.

Ich möchte mich um dich kümmern,
ohne dich ändern zu wollen.

Ich möchte dir meinen Kummer erzählen,
ohne dich traurig zu stimmen.

Ich möchte dir helfen, ohne mich aufzudrängen.

Ich möchte dich um Hilfe bitten, ohne dich auszunützen.

Ich möchte dich bei mir haben, ohne dich einzusperren.

Ich möchte dir zuhören, ohne dir ins Wort zu fallen.

Ich möchte dir vertrauen,
ohne Rechtfertigung von dir zu fordern.

Ich möchte dich genießen, ohne dich zu bedrängen.

Ich möchte dich lieben – genauso wie du bist.

Selber wissen, was richtig ist …

Nur selten können wir es jedem recht machen.
Wenn wir dies ständig versuchen,
bleiben unsere Wünsche und Bedürfnisse auf der Strecke.

Vor langer Zeit in China begab sich ein Vater mit seinem kleinen Sohn auf Reise. Während der Mittagsglut zogen sie durch die belebten Gassen von Keshan.

Der Junge führte einen Esel, auf dem sein alter Vater saß. »Der arme Knabe!« rief eine vorübergehende Frau dem Alten zu. »Seine kurzen Beinchen können mit dem Tempo des Esels kaum Schritt halten. Wie kannst du nur so faul auf dem Esel sitzen, wenn du siehst, dass der arme Kerl sich müde läuft!«

Der Vater nahm sich dies zu Herzen, stieg umgehend ab und ließ den Jungen aufsitzen. Nach nur wenigen Schritten erhob wieder ein Vorübergehender seine Stimme:

»Solch eine Frechheit! Thront der kleine Bengel wie ein Sultan auf dem Esel, während der alte Mann daneben herlaufen muss!«

Diese Worte schmerzten den Jungen und er bat seinen Vater aufzusteigen und sich hinter ihm auf den Esel zu setzen. Kaum, dass sie zusammen weitergeritten waren, keifte eine griesgrämige Frau am Wegesrand: »Hat man so etwas schon gesehen? Welch eine Tierquälerei! Dem armen Esel hängt bereits der Rücken durch, und der alte und der junge Nichtsnutz ruhen sich auf ihm aus, als wäre er ein Diwan. Die arme Kreatur!«

Die Gescholtenen schauten sich an und stiegen, ohne ein Wort zu sagen, vom Esel herunter und gingen daneben her. Doch schon an der nächsten Straßenecke machte sich ein Fremder über sie lustig:

»Wie dumm kann man nur sein? Wozu führt ihr einen Esel spazieren, wenn er nichts leistet und noch nicht einmal einen von euch trägt?«

Da gab der Vater dem Esel eine Hand voll Heu und legte seine Hand auf die Schulter des Sohnes. »Gleichgültig, was wir machen«, sagte er, »es findet sich doch immer jemand, der damit nicht einverstanden ist. Ich glaube, wir müssen selber wissen, was wir für richtig halten.«

Nach einer Geschichte

Der passende Schlüssel

Der Schlüssel zum Herzen der Menschen
wird nie unsere Klugheit, sondern immer unsere Liebe sein.

Hermann von Bezzel, Theologe und Schulrektor, 1861-1917

Ein junger, dynamischer Lehrer bekam den Posten als Schuldirektor in einer Kleinstadt. Anfangs wurde er von den Eltern kritisch beäugt, denn unter einem Direktor stellten sie sich einen älteren, erfahreneren Mann vor. Natürlich wollte ja jeder für seine Kinder nur das Beste!

Die anfängliche Skepsis schwand jedoch schnell, denn die Noten der Schüler in allen Jahrgangsstufen verbesserten sich beinahe über Nacht. Der Unterricht wurde individueller und lebendiger gestaltet. Die Schüler begannen freiwillig zu lernen. Das Schulhaus wirkte freundlicher, die Kinder lachten mehr und stritten weniger. Daher war der neue Direktor nicht nur bei den Schülern, sondern auch bei den Lehrern und Eltern sehr beliebt und geachtet. An den Lehrplan hielt sich der junge Direktor nur am Rande. Da sich jedoch seine eigenwilligen Lehrmethoden in vielerlei Hinsicht positiv auswirkten, nahm daran niemand Anstoß.

Ganz anders sah dies der alte Schulrat, als er von den außergewöhnlichen Unterrichtsmethoden hörte. Er meldete umgehend seinen Besuch an, um mit dem jungen Direktor ein ernstes Wort zu sprechen.

Er erklärte dem jungen Mann, dass er sich nach dem Lehrplan richten müsse, da dieser für alle Schüler passe! Seine eigenwilligen Lehrmethoden solle er künftig unterlassen! Der Direktor wies auf den Schlüsselbund des Schulrats, der auf dem Tisch lag. Er zeigte auf einen Schlüssel und fragte, wofür dieser passe.

Der Schulrat sagte, dass dies ein Generalschlüssel sei, der an jede Türe passe. Daraufhin zeigte der Direktor auf einen anderen Schlüssel. Der Schulrat benannte diesen als seinen Autoschlüssel. Der Direktor fragte ihn, ob sein Autoschlüssel auch zu dem Wagen seiner Frau passe? »Nein, natürlich nicht!«, antwortete der Schulrat. »Was Sie als eigenwillige Lehrmethode bezeichnen, Herr Schulrat, ist ein Weg, um die passenden Schlüssel zum Verstand und zu den Herzen der Kinder zu finden!«

Zum Nachdenken

Es gibt kaum etwas auf dieser Welt, das nicht irgend jemand ein wenig schlechter machen und etwas billiger verkaufen könnte, und die Menschen, die sich nur am Preis orientieren, werden die gerechte Beute solcher Machenschaften.

Es ist unklug, zuviel zu bezahlen, aber es ist noch schlechter, zu wenig zu bezahlen.

Wenn Sie zuviel bezahlen, verlieren Sie etwas Geld, das ist alles.

Wenn Sie dagegen zu wenig bezahlen, verlieren Sie manchmal alles, da der gekaufte Gegenstand die ihm zugedachte Aufgabe nicht erfüllen kann.

Das Gesetz der Wirtschaft verbietet es, für wenig Geld viel Wert zu erhalten.

Nehmen Sie das niedrigste Angebot an, müssen Sie für das Risiko, das Sie eingehen, etwas hinzurechnen.

Und wenn Sie das tun, dann haben Sie auch genug Geld, um für etwas Besseres zu bezahlen.

Zugeschrieben John Ruskin, britischer Schriftsteller, 1819-1900

Die Gedanken sind frei

Man muss sich durch die kleinen Gedanken, die einen ärgern, immer wieder hindurchfinden zu den großen Gedanken, die einen stärken.

Dietrich Bonhoeffer, Theologe, 1906-1945

Eine verzweifelte junge Nonne suchte die Mutter Oberin um Rat auf: »Ich versuche stets gewissenhaft meiner Arbeit nachzugehen, versäume keinen Gottesdienst und lese in der Heiligen Schrift. Dennoch schweifen meine Gedanken immer wieder ab. Ich denke an Dinge, die man nicht denken sollte. Ich habe Träume, die man nicht träumen sollte. Ich empfinde Gefühle, die man nicht fühlen sollte. Was kann ich nur gegen meine Unzulänglichkeiten tun?«

Die weise Frau schlug ein Buch auf und zeigte auf einen Pilz. »Was weißt du über diesen Pilz?«, fragte sie ihre Schülerin. »Dies ist ein grüner Knollenblätterpilz, er tötet jeden, der davon isst!«, antwortete die Nonne.

Die Mutter Oberin lächelte und sagte: »Aber er kann keinen töten, der ihn nur anschaut!«

Die geheimnisvolle Türe

Es war einmal ein König, dem das Wohle seines Volkes am Herzen lag. Sein engster Berater hatte bereits seinem Vater viele Jahre hilfreich zur Seite gestanden. Als dieser in die Jahre kam, forderte er den König auf, nach einem Nachfolger zu suchen, um diesen selbst in das Amt einführen zu können.

All jene, die sich durch große Bildung und Wissen auszeichneten, sprachen am Hof vor. Dem König gefielen die Anwärter sehr wohl. Dennoch schien ihm bei jedem etwas Entscheidendes zu fehlen. Des Königs Berater erstellte kurzerhand ein Auswahlverfahren, zu dem jeder aus dem Volk eingeladen wurde.

Jedem Anwärter wurde ein Schlüsselbund von über hundert Schlüsseln übergeben. Es galt die Aufgabe zu lösen, eine mächtige, mit Eisen beschlagene Türe auf Anhieb, beim ersten Versuch zu öffnen! Wochen gingen ins Land und Tausende versuchten vergeblich, diese Türe zu öffnen. Eines Tages hörte ein Reisender von der geheimnisvollen Türe, zu der niemand den passenden Schlüssel gefunden hatte. So wollte auch er sich an der Tür versuchen. Er betrachtete genauestens das Schloss, die Schlüssel sowie die gesamte Türe.

Mit einfachem Griff drückte er die Klinke nach unten, wobei sich die Türe umgehend öffnete, da sie gar nicht abgeschlossen war. Erfreut sprach der König: »Du stellst dich Herausforderungen, ohne dich irreführen zu lassen. Du verlässt dich nicht auf das, was du hörst, sondern vertraust auf deinen Verstand und dein Gefühl! Du sollst mein neuer Berater sein!«

Verstand & Gefühl

beraten und ergänzen einander.
Auf keines der beiden kann man verzichten,
ohne sich der Gefahr auszusetzen,
seinen Weg zu verlieren.

Luc de Clapiers, Marquis de Vauvenargues, franz. Schriftsteller, 1715-1747

Die Geschichte der Menschheit

Wenn die Hoffnung aufwacht,
legt sich die Verzweiflung schlafen.

Asiatische Weisheit

Es war einmal ein König, der sein Reich stets zum Wohle seiner Untertanen regierte. Seine Fürsorge und Liebe galt allen Menschen. Daher wollte er mehr über die Menschheit in Erfahrung bringen und ließ alle weisen Männer des Landes zu sich rufen. Er erteilte ihnen den Auftrag, die Geschichten aller Völker aufzuschreiben. Die Aufzeichnungen sollten kurz, verständlich und wahrhaftig sein. Die Weisen machten sich in alle Himmelsrichtungen auf den Weg, um die gewünschten Nachforschungen anzustellen.

Nach Jahren kehrten sie mit hunderten vollgeschriebener Bücher in den Palast zurück. Der König begrüßte sie erfreut, besah die unzähligen Schriften und sagte schließlich: »Ich fürchte, ich brauche Jahre, um all das Geschriebene zu lesen. Bitte fasst eure wertvolle Arbeit in Kürze zusammen. Ich danke euch.«

Wieder verging über ein Jahr, bis die Zusammenfassung vollendet war. Die Weisen überbrachten dem König die krönenden zwölf Bände. Der König begrüßte sie freundlich: »Es tut mir um euer Bemühen leid.

Mein Augenlicht schwindet. So bin ich nicht mehr in der Lage, all das Geschriebene noch zu lesen. Da jedoch mein Geist hell und klar ist, möchte ich eure Erkenntnisse erfahren. Sagt mir in wenigen Worten, was in euren Büchern über die Geschichten unserer Völker und Vorfahren steht.«

Der älteste Weise trat vor den König und sprach:

»Majestät! Jeder Mensch wird geboren und muss irgendwann diese Erde wieder verlassen. Die Menschen aller Völker unterscheiden sich lediglich in ihrer Hautfarbe und anderen Äußerlichkeiten. Die Geschichte eines Hauses ist die Geschichte der Familie. Die Geschichte einer Stadt ist die Geschichte ihrer Einwohner. Die Menschen aller Völker sind sich ähnlich:

Überall gibt es Unmenschlichkeit, Kriege, Dummheit, Irrtümer und Sünde.

Überall gibt es Erziehung, guten Willen, Hilfsbereitschaft, Weisheit, Verstand und Güte.

Überall gibt es Dankbarkeit, Freundlichkeit, Glück und Liebe.«

Da lächelte der König und sagte:

»Dann gibt es Hoffnung.«

Einzigartigkeit braucht keinen Vergleich

Ein mächtiger Samurai suchte eines Tages einen großen Zen-Meister auf. Der Samurai war für seine Schwertkunst und Schnelligkeit im ganzen Land bekannt und berühmt. Als er dem Zen-Meister gegenüberstand, fühlte er sich von dessen Ausstrahlung, Anmut und Schönheit verunsichert.

Er fragte den Meister: »Warum fühle ich mich plötzlich unterlegen? Bevor ich deinen Hof betrat, fühlte ich mich stark, kraftvoll und über alles erhaben. Nun zittern meine Hände und ich fühle mich plötzlich minderwertig. Ich bin ein großer Krieger und habe dem Tod viele Male ins Auge geblickt und dabei nie irgendwelche Furcht verspürt. Warum bekomme ich jetzt Angst?« Der Meister sprach: »Warte bis zum Abend vor meinem Haus. Wenn alle Besucher gegangen sind, werde ich dir Antwort geben.«

Der Mond stieg bereits am Horizont auf, als der Meister zu ihm trat. Er sagte: »Schau dir diesen mächtigen Baum an, wie er hoch zum Himmel ragt. Nun betrachte daneben das kleine Bäumchen mit seiner Blütenpracht. Seit Jahren stehen sie friedlich vor meinem Fenster. Ich habe diese noch nie raunen hören: >Warum bin ich so klein und du so groß?< oder >Weshalb wachsen mir keine Blüten?< ...«

Der Samurai meinte: »Weil sie sich nicht vergleichen lassen.« Lächelnd meinte der Meister: »Nun hast du die Antwort selbst gefunden. Vergleiche dich nicht mit anderen! Denn jeder Mensch ist einzigartig und unvergleichlich!«

Nach einer japanischen Geschichte

Einzigartigkeit
lässt sich nicht vergleichen,
daher ist auch jedes Wesen unvergleichbar.

Ein Tau mit drei Enden

Hindernisse können mich nicht aufhalten;
Entschlossenheit bringt jedes Hindernis zu Fall.

Leonardo da Vinci, Universalgelehrter, 1452-1519

Einst lebte in Köln ein ehrbarer Kaufmann. Er hatte eine kluge Tochter, die ihn stets bei all seinen geschäftlichen Angelegenheiten unterstützte und begleitete. So stand Johanna oft mit am Hafen, von dem aus ihr Vater seine Waren erhielt oder weiter verschiffte.

Stets bestaunte Johanna die prächtigen Schiffe und so regte sich in ihr immer mehr der Wunsch, eines Tages als Matrose an Bord zu stehen. Lange Zeit belächelte der Vater ihren Traum, doch Johanna bestand darauf, wenigstens ein Mal in ihrem Leben in See zu stechen. Der Kaufmann konnte seiner geliebten Tochter nur schwer einen Wunsch abschlagen. Da er wusste, dass auf einem Schiff Frauen nichts zu suchen haben, erklärte er, dass sie dazu die Zustimmung des Kapitäns einholen müsse.

Voller Erwartung sprach Johanna bei dem Kapitän vor. Geschickt wich er ihr aus: »Hier hast du ein Tau!«, und warf es ihr zu. »Wenn du an diesem Stück drei Enden findest, dann bist du für die nächste Fahrt angeheuert!«

Die Schiffsbesatzung versammelte sich an Deck und schaute dem Geschehen belustigt zu. Johanna drehte das Stück Tau eine Weile in ihren Händen, dann hielt sie nacheinander die beiden Enden hoch und sagte: »Das ist das eine Ende des Taus und dies ist das andere Ende des Taus. Und das«, sie warf das Tau ins Meer, »ist das endgültige Ende des Taus!«

Mit anderen Worten

Nichts ist größer als die Macht einer Frage.

Ovid, antiker Dichter, 43 v. Chr.-17 n. Chr.

Es waren einmal zwei junge Mönche, die während der Gebetsstunden immer wieder die Kapelle verließen, um zu rauchen. Ein sehr strenger Mönch wollte dies nicht gutheißen. Nachdem die beiden das schlechte Gewissen plagte, schrieb jeder einen Brief an den Bischof, um ihn nach seiner Ansicht zu befragen.

Als die Antwort eintraf, erhielt der eine Mönch die Erlaubnis zu rauchen, der andere jedoch ein Verbot. Verwundert fragte der Mönch, dem das Rauchen erlaubt wurde, den anderen: »Was hast du denn an den Bischof geschrieben?« Dieser meinte, er habe gefragt, ob er während des Betens rauchen dürfe. »Ich wählte nur andere Worte«, sagte der, dem das Rauchen erlaubt worden war, »ich fragte, ob ich während des Rauchens beten dürfe.«

Nach einer Geschichte

Eine kleine Geldbörse

Kinder sind die Brücke zum Himmel.

Aus Persien

Ein Mann stand in einem Spielwarengeschäft vor einem Puppenregal. Er suchte nach einem besonderen Geschenk für seine Tochter.

Da bemerkte er neben sich einen etwa fünfjährigen Jungen, der eine Puppe in der Hand hielt und traurig in seine Geldbörse sah. Der Mann sprach ihn an und fragte, für wen er die Puppe kaufen wolle. Der Junge sagte, seine kleine Schwester habe sich diese so sehr gewünscht. Der Mann meinte tröstend, dass ja bald Weihnachten sei und das Christkind seiner Schwester bestimmt die Puppe bringen würde.

Da entgegnete der Junge: »Dort, wo meine Schwester jetzt ist, kann das Christkind keine Puppe hinbringen.« Mit Tränen in den Augen sprach er weiter: »Mein Papa sagt, dass meine Schwester im Himmel ist und dass meine Mama auch bald zu ihr gehen muss. Da kann ich ihr doch die Puppe für sie mitgeben!«

Bei diesen Worten blieb dem Mann beinahe das Herz stehen. Er fragte den Jungen, ob er ihm sein Portemonnaie reichen würde, dann könnten sie gemeinsam schauen, ob das Geld reichen würde. Geschickt steckte er einen Geldschein in die kleine Börse. Beim Durchzählen stellten sie fest, dass mehr als genug Geld vorhanden war.

Der Junge war ganz aufgeregt und sagte: »Ich habe letzte Nacht gebetet, dass Gott mir Geld für die Puppe gibt. Jetzt kann ich sogar noch für Mama eine Rose kaufen, meine Mama liebt Rosen!«

Während der Mann an der Kasse stand, erinnerte er sich an einen Zeitungsartikel, den er vor kurzem gelesen hatte: Ein Autofahrer war wegen überhöhter Geschwindigkeit mit seinem Sportwagen aus einer Kurve geschleudert worden und in ein entgegenkommendes Fahrzeug geprallt.

In dem Auto saßen eine Frau und ihre Tochter. Das kleine Mädchen starb noch an der Unfallstelle, die junge Mutter schwebte in Lebensgefahr. Der Raser überlebte mit leichten Verletzungen.

Als der Mann das Geschäft verließ, fragte er sich, ob es sich bei dem Unfall um die Familie des kleinen Jungen handele. Er ging auf seinen neuen Sportwagen zu und verstaute die Puppe für seine Tochter auf dem Rücksitz. Als er nachdenklich nach Hause fuhr, merkte er, dass ihm das schnelle Fahren plötzlich keine Freude mehr bereitete.

Die Kunst der kleinen Schritte

Weise Lebensführung gelingt keinem Menschen durch Zufall. Man muss, solange man lebt, lernen, wie man leben soll.

Lucius Annaeus Seneca, römischer Philosoph, ca. 1-65

»Ich bitte nicht um Wunder und Visionen, Herr, sondern um die Kraft für den Alltag. Lehre mich die Kunst der kleinen Schritte. Mach mich findig, um in dem täglichen Vielerlei von meinen Erkenntnissen und Erfahrungen zu profitieren.

Ich bitte dich um die Kraft, dass ich nicht durch das Leben rausche. Mach mich griffsicher in der richtigen Zeiteinteilung. Schenke mir das nötige Fingerspitzengefühl, um herauszufinden, was erstrangig und was zweitrangig ist.

Lasse mich Lichtblicke und Höhepunkte erkennen und hin und wieder Zeit finden für einen kulturellen Genuss.

Gib mir das tägliche Brot für Leib und Seele sowie eine Geste der Liebe und das Gefühl gebraucht zu werden.

Lass mich erkennen, dass nur Träumereien nicht weiterhelfen, weder über die Vergangenheit noch über die Zukunft.

Ich möchte dich und die anderen immer aussprechen lassen. Schick mir im rechten Augenblick einen Menschen, der den Mut hat, mir die Wahrheit in Liebe zu sagen!

Du weißt, wie sehr wir nach Freundschaft streben. Gib, dass ich dieses schöne Geschenk geben und annehmen kann.

Hilf mir, das Nächste so gut wie möglich zu tun und die jetzige Stunde als die wichtigste zu erkennen.

Bewahre mich vor dem Glauben, es müsse im Leben alles reibungslos laufen.

Schenke mir die Erkenntnis, dass Schwierigkeiten, Niederlagen, Misserfolge und Rückschläge Erfahrungen im Leben sind, durch die wir wachsen und reifen.

Erinnere mich daran, dass das Herz dem Verstand oft zu viel Raum gibt.

Verleihe mir die nötige Einsicht, im rechten Augenblick Güte, Mitgefühl und Verständnis zu zeigen, mit Worten oder ohne Worte.

Mach aus mir einen Menschen, der einem Schiff mit Tiefgang gleicht, um auch diejenigen zu erreichen, die unten sind.

Bewahre mich vor der Angst, ich könnte das Leben versäumen.

Gib mir nicht, was ich mir wünsche, sondern was ich brauche.

Lehre mich die Kunst der kleinen Schritte!«

Nach Antoine de Saint-Exupéry, franz. Schriftsteller 1900-1944

Die etwas andere Rechnung

In nichts zeigt sich der Mangel an mathematischer Bildung mehr als in einer übertrieben genauen Rechnung.

Carl Friedrich Gauß, deutscher Mathematiker, Astronom und Physiker, 1777 - 1855

Zu einem Klassentreffen traf der alte Mathematiklehrer zeitgleich mit seinem schlechtesten Schüler auf dem Parkplatz ein.

Der junge Mann entstieg bestens gekleidet einem schicken Sportwagen. Verwundert fragte ihn der Lehrer: »Dir scheint es ja gut ergangen zu sein. Was machst du denn beruflich?«

Der ehemalige Schüler antwortete: »Ich handle mit Kartoffeln.«

Auf die Frage, ob dies rentabel sei, antwortete er: »Ihre Rechenstunden haben sich gelohnt!

Ich kaufe jede Kiste für zehn Euro im Großhandel ein und verkaufe diese für dreißig Euro an den Einzelhandel weiter. Ja, und von den drei Prozent Gewinn kann ich sehr gut leben!«

Konkurrenz

Man hebt einen Stand am besten dadurch, dass man sich eine gute Konkurrenz schafft.

Kurt Tucholsky, deutscher Schriftsteller und Journalist, 1890 – 1935

Vor langer Zeit gab es in Wien eine Straße mit vier Bäckereien. Um sich von der Konkurrenz abzuheben, stellte die erste ein Schild neben den Eingang, auf dem sie »Das feinste Gebäck in ganz Wien« offerierte.

Vor der zweiten Bäckerei stand die Woche darauf auf einer Tafel: »Die feinsten Backwaren in ganz Österreich«.

Die darauffolgende Woche dekorierte die dritte Bäckerei ihr Schaufenster mit der Aufschrift: »Die besten Backwaren der Welt«.

Dies alles beeindruckte den vierten Bäcker keineswegs. Denn er hatte einen Monat später den allergrößten Kundenzulauf.

Als die Konkurrenz heimlich nach seinem Laden spähte, sah sie ein Schild, das bescheiden verkündete: »Hier erhalten Sie die feinsten Backwaren dieser Straße«.

Nach einer Geschichte

Das Wunderkästchen

Glück entsteht oft durch Aufmerksamkeit in kleinen Dingen, Unglück oft durch Vernachlässigung kleiner Dinge.

Wilhelm Busch, Dichter, 1832-1908

Es war einmal eine Krämersfrau, die mit ihrem Geschäft kein Glück mehr hatte. Ihr Laden verlotterte, die Kunden kauften immer seltener bei ihr ein und sie musste zusehen, wie ihr Vermögen unaufhaltsam schrumpfte. So ging sie eines Tages zu dem Dorfweisen und erzählte ihm von ihrem Kummer: »Die Zeiten sind schlecht, mein Geschäft leidet. Kannst du mir nicht helfen?«

Der weise Mann gab ihr ein verschlossenes Kästchen und erklärte ihr: »Du musst dieses Kästchen jeden Morgen, Mittag und Abend herumtragen. Im Laden, im Keller und in jedem Winkel des Hauses, zudem noch rund um dein Anwesen. Dann wird es dir schon wieder besser gehen. Bring mir aber das Kästchen in einem Jahr wieder zurück.«

Die Frau befolgte gewissenhaft den Rat des Dorfweisen und trug das Kästchen fleißig umher. Dabei entdeckte und sah sie vieles, was sie gar nicht mehr wahrgenommen hatte.

So fegte sie Staub samt Spinnweben aus allen Ecken und putzte Böden, Fenster und den Eingang. Regale wurden abgeschliffen, mit neuer Farbe versehen und ordentlich eingeräumt. Kaputte Dinge ließ sie reparieren sowie den verschlissenen Teppich ersetzen.

Den Garten befreite sie von Unkraut, sodass selbst der vergessene Rosenstrauch wieder erblühte. Vor dem Laden stellte sie eine gemütliche Gartenbank auf und schmückte den Eingang mit Blumentöpfen.

Als das Jahr vorüber war, brachte sie dem weisen Mann das Kästchen zurück und sprach: »Hab vielen herzlichen Dank, guter Mann. Dein Kästchen hat mir sehr geholfen. Bei mir ist der Wohlstand eingezogen. Die Kunden kaufen wieder bei mir ein und mein Haus und Geschäft sind gut bestellt. Doch sag mir, was ist in deinem Zauberkästchen, dass es solche Wunder vollbringen kann?«

Da lächelte der Mann und sagte: »Das Kästchen ist leer. Das Wunder hast du selber vollbracht.«

Nach einem Märchen

Spuren im Schnee

Endlich hat es über Nacht geschneit und die ganze Landschaft liegt unter einer dicken, glänzenden Schneedecke. Jakob und Ludwig holen sogleich ihre Rodel aus dem Schuppen und machen sich freudig auf den Weg zu ihrem Schlittenberg.

Die beiden Brüder bestaunen die Schneepracht, auf der noch keine einzige Spur zu erkennen ist. So wetten sie um eine Tafel Schokolade, wer die geradeste Spur den Hügel hinauf ziehen kann.

Der gewissenhafte Jakob setzt sorgfältig einen Fuß möglichst gerade neben den anderen. Der sorglose Ludwig stapft einfach drauflos. Oben angekommen, sieht Jakob zu seinem Entsetzen, dass er eine Zickzacklinie hinterlassen hat. Sein Bruder hingegen zeichnete in geradester Linie seine Spur.

»Das verstehe ich nicht«, meint Jakob, »ich habe mich auf jeden meiner Schritte konzentriert. Wie hast du es nur geschafft, auf die Schnelle den geradesten Weg zu wählen?«

»Das ist doch ganz einfach!«, meint Ludwig. »Ich habe mich nur auf den Baum oben am Berg konzentriert. Das war mein Zielpunkt und auf diesen bin ich zugegangen.«

An diesem Tag hat Jakob zwar eine Tafel Schokolade verloren, dafür aber die Erkenntnis gewonnen, dass man nicht nur auf seine nächsten Schritte achten muss, sondern seine Ziele nie aus den Augen verlieren darf.

Der Langsamste,

der sein Ziel nicht aus den Augen verliert,
geht immer noch geschwinder als der,
der ziellos umherirrt.

Gotthold Ephraim Lessing, deutscher Dichter, 1729–1781

Auf dich kommt es an

Wenn der Stein denken würde: »Ein einzelner Stein kann keine Mauer aufrichten«, gäbe es keine Häuser.

Wenn ein Wassertropfen denken würde: »Ein einzelner Wassertropfen kann keinen Fluss bilden«, gäbe es keinen Ozean.

Wenn das Weizenkorn denken würde: »Ein einzelnes Weizenkorn kann keinen Acker besäen«, gäbe es keine Ernte.

Wenn ein Sonnenstrahl denken würde: »Ein einzelner Sonnenstrahl kann keinen Tag erhellen«, gäbe es kein Licht.

Wenn der Mensch denken würde: »Eine einzelne Liebesgeste rettet die Menschheit nicht«, gäbe es weder Freundschaft noch Frieden auf der Welt.

Wie das Haus jeden Stein benötigt, der Ozean jeden Wassertropfen, die Ernte jedes Weizenkorn, das Licht jeden Sonnenstrahl, so benötigt der Friede dich, deine Einzigartigkeit und deine Liebe.

Nach einer afrikanischen Weisheit

Die Autorin – Gisela Rieger –

Dipl. Erlebnisorientierte Teamtrainerin (CP)
Zertifizierte Systemische Beraterin (Univ.)
Coach für Persönlichkeits- und Teamentwicklung
Autorin

Die Autorin (Jahrgang 1968) fällt nicht nur wegen ihrer Lockenpracht und ihres charmanten Lächelns auf. Mit erstaunlich viel Power, literweise Herzblut und unbegrenztem Optimismus stellt sie sich allen Unwägbarkeiten des Lebens. Ihre inspirierenden und berührenden Kurzgeschichten versprechen ein kurzweiliges Lesevergnügen, beinhalten aber zugleich wertvolle Botschaften. Dabei greift die Autorin zum Teil auf überlieferte Erzählungen und Weisheiten zurück, die schon vielen Generationen vor uns die Richtung gewiesen und das Herz geöffnet haben. Ebenso vermag sie es auch, ihre eigenen Gedanken und Erfahrungen in kurze Episoden und Anekdoten zu verpacken. Mit Herz und Hintersinn geschrieben verfehlen sie ihre Wirkung nicht. Aufgrund ihrer Liebe zu den Mitmenschen ist es ein Teil ihrer Lebensphilosophie geworden, so manchen auf vielfältige und wirksame Weise in seinen Entwicklungsprozessen zu begleiten.

Gisela Rieger gibt Seminare, leitet Workshops und Trainings und hält Vorträge. Dabei zeichnet sie sich durch eine Fülle an Themen aus: Von der Persönlichkeitsentwicklung bis hin zur Zielsetzung beschäftigt sie sich mit der Vielfalt menschlichen Daseins. Ebenso folgt sie ihrer natürlichen Berufung und Leidenschaft als Teamtrainerin. Erlebnisorientiert und professionell schafft sie in Firmen und Teams ein erfolgreiches, harmonisches Miteinander. Ihre Team- und Sozialkompetenztrainings sind auch bei Schülern sehr beliebt.

Ein herzliches Dankeschön an ...

... all jene Menschen, die mich in meinem Leben begleitet haben, die mich inspirierten, die mir ihr Vertrauen schenkten und ihre Lebensgeschichten erzählten. So manch wahre Begebenheit steckt nun in meinen Geschichten.

... meinen Schatz Hubert, dem ich alle meine gerade erst entstandenen Geschichten immer als erstes vorlese, und dessen echte Kritik für mich unerlässlich ist.

... meine treuen Testleser, die aus unterschiedlichen Berufs-, Interessen- und Altersgruppen kommen, und die meine Texte nach unterschiedlichen Kriterien benoten.

... meine liebe Lektorin, bei der alle besonders gut bewerteten Geschichten landen.

Unsere Bestseller

Erkenntnisse - Ideen - Rezepte

FRANZ X. BÜHLER

Als Mental-Trainer versteht er es mit einfachen Worten sehr komplexe Dinge und Zusammenhänge so zu vermitteln, dass die Menschen sie begreifen und die Erklärungen ein zartes Leuchten des Verstehens in ihre Augen zaubern.

VOM KOPF INS HERZ
Der Bestseller in 5 Sprachen

Wir kennen sie, die weisen und tiefgründigen Zitate großer Dichter und Philosophen, die Volksweisheiten. Bleibt oft nur die Frage: Wie umsetzen?

Das Buch beschreibt und erklärt in lockerer, leichter und spannender Art deren tiefere Bedeutung.

ISBN 978-3-941633-10-0 (Deutsch)

Auch als Ebook erhältlich!

ENGLISCH
ISBN 978-3-941633-12-4

ITALIENISCH
ISBN 978-3-941633-13-1

FRANZÖSISCH
ISBN 978-3-941633-20-9

NIEDERLÄNDISCH
ISBN 978-3-941633-19-3

MEHR... VOM KOPF INS HERZ
Die Fortsetzung des Erfolgs-Buchs

Weitere 116 Tipps, Ideen und Rezepte
auf den Punkt gebracht,
zum Entdecken der inneren und
äußeren Reichtümer unseres
Lebens.

ISBN 978-3-941633-11-7
(Deutsch)

ISBN 978-3-941633-25-4
(Italienisch)

HEUTE, HIER, JETZT -
Ein Reiseführer durchs Leben

Lesen ist eine Reise. Wir machen uns auf den Weg, entdecken viel Schönes und danach fühlen wir uns reicher, erfüllt und inspiriert für das eigene Leben.

Wir öffnen den Blick für unser Wohlbefinden, für Körper, Geist und Seele.

Wir erhöhen die Aufmerksamkeit und Wertschätzung für unser Zusammenleben, unseren Lebensraum, für Natur und Kultur.

Nehmen wir uns die Zeit, die wir brauchen, erkennen wir das Wesentliche für uns alle!

ISBN 978-3-941633-24-7

KATHARINA THOR

Sie liebt das Nachdenken, das Lesen und Schreiben, das Lachen, das Tanzen und die Natur. Der Mensch und sein Platz im Leben, das Leben auf dem Land und nicht zuletzt ihre kleine Familie sind ihre Leidenschaften.

Unsere Bestseller

Erkenntnisse - Ideen - Rezepte

HEIKE HOLZ

Sie ist Expertin für Kommunikation, authentisches Auftreten und wertschätzende Umgangsformen.
Ihre Philosophie einer ganzheitlichen Persönlichkeitsentwicklung steht im Zentrum der von ihr entwickelten „KNIPS-DEIN-LICHT-AN"-Methode.

GLÜCKLICH SEIN VERLEIHT FLÜGEL

So geht es besser mit Dir und den anderen.

Überprüfen Sie Ihre Gewohnheiten und Denkmuster mit 50 wertvollen Profi -Tipps. Mit kleinen Schritten erreichen Sie spürbare Veränderungen und werden innerlich zufriedener, motivierter und glücklicher.

Erleben Sie mehr Freude im Umgang mit sich und den anderen.

ISBN 978-3-941633-47-6

KLEINE SCHRITTE GROSSE VERÄNDERUNG

So geht es besser mit Dir und den anderen

Überprüfen Sie Ihre Gewohnheiten und Denkmuster mit 50 wertvollen Profi-Tipps. Mit kleinen Schritten erreichen Sie spürbare Veränderungen und werden innerlich zufriedener, motivierter und glücklicher.

Erleben Sie mehr Freude im Umgang mit sich und den anderen.

ISBN 978-3-941633-48-3

KNIPS DEIN LICHT AN

Mit Lebendigkeit und Leichtigkeit durchs Leben

Mit über 50 wertvollen, leicht umsetzbaren Profi -Tipps ist dieses Buch wie eine Reise zu Ihren persönlichen Möglichkeiten.
Bringen Sie Licht und Lebenssinn in Ihr Leben. Spüren Sie wieder echte Lebensfreude und Begeisterung. Denn: Ein glückliches, erfülltes, erfolgreiches Leben ist Ihr Geburtsrecht!

ISBN 978-3-941633-49-0

GISELA RIEGER

Sie gibt Seminare, leitet Workshops und Trainings und hält Vorträge. dabei zeichnet sie sich durch eine Fülle an Themen aus: Von der Persönlichkeitsentwicklung bis hin zur Zielsetzung beschäftigt sie sich mit der Vielfalt menschlichen Daseins.

Zauberhafte Momente+ Magico del Momento
Geschichten, die das Leben schreibt

Lassen Sie sich verzaubern von der erlesenen Auswahl unterhaltsamer, feinfühliger Erzählungen und Herzensweisheiten. Einige Geschichten sind direkt aus dem Leben gegriffen, andere gehen zurück auf alte überlieferte Weisheiten. Allen gemeinsam sind die darin verborgenen Botschaften, die zum Nachdenken anregen, berühren, inspirieren und zugleich das Herz erfreuen.

ISBN 978-3-941633-55-1 (D)
ISBN 978-3-941633-65-0 (IT)

MANAGER DES ERFOLGS
Gesetze des Erfolgs und Lebensglücks

Volle Kraft voraus!

Sich einen kühlen Kopf, sein Herzklopfen, sein Lachen und sein Staunen bewahren. Sich nicht unterkriegen lassen. Reich fühlen, gelassen in seiner Mitte ruhen, seinen Weg gehen und den eigenen Ausdruck finden.

Anteil nehmen an der umgebenden Vielfalt, der ungeheuren Tiefe, der großen Schönheit des Lebens! Gut zu sich sein!

ISBN 978-3-941633-50-6

Auch als Ebook erhältlich!

www.menani.com

Unsere Minibücher

Zitate, Weisheiten, Anregungen

ALL DAS WÜNSCH ICH DIR

Zitate, Weisheiten, Anregungen

Unsere Saat von gestern ist die Ernte von heute. Was wir heute säen, ernten wir morgen.

ISBN 978-3-941633-30-8

AUF ZEIT

Reiseführer durchs Leben

Da sein und nah sein, nehmen und geben, froh sein und dankbar und mitten im Leben.

ISBN 978-3-941633-35-3

BEGEISTERUNG

Zitate, Weisheiten, Anregungen

Begeisterung ist eine der höchstbezahlten Eigenschaften der Welt.

ISBN 978-3-941633-09-4

DANKE

Zitate, Weisheiten, Anregungen

Danke - das Leben ist ein wertvoller Schatz in einer unendlichen Schatzkammer. Ein Schlüssel dazu ist die Dankbarkeit.

ISBN 978-3-941633-01-8

EINFACH SO

Zitate, Weisheiten, Anregungen

Einfach so möchte ich Dir sagen: „Es ist schön, dass es Dich gibt."

ISBN 978-3-941633-03-2

ERFOLG

Zitate, Weisheiten, Anregungen

Je schwerer es uns fällt, umso glücklicher macht es, wenn man es geschafft hat.

ISBN 978-3-941633-07-0

GEDANKEN
zur Lebensfreude

Erst durch Nachdenken zeigt sich mancher Sinn, erschließt sich ein Weg – zeigt sich Gewinn.

ISBN 978-3-941633-31-5

GESUNDHEIT
Zitate, Weisheiten, Anregungen

Die Gesundheit ist ein Geschenk. Hege und pflege sie behutsam und liebevoll.

ISBN 978-3-941633-04-9

GLANZLICHTER
Das Beste aus Vom Kopf ins Herz

„Glanzlichter" ist ein Büchlein mit inspirierenden und motivierenden Gedanken. Es lässt die Augen jeden Lesers leuchten.

ISBN 978-3-941633-38-4

GLÜCKLICH
Gedanken zur Lebensfreude

Das Leben ist ein wertvoller Schatz in der unendlichen Schatzkammer. Ein Schlüssel dazu ist die Dankbarkeit

ISBN 978-3-941633-33-9

GOLF IST MEHR...
Zitate, Weisheiten, Anregungen

Golf und Sex sind wahrscheinlich die einzigen Dinge, die Spaß machen, selbst wenn man nicht wahnsinnig gut darin ist.

ISBN 978-3-941633-06-3

GRATULATION
Zitate, Weisheiten, Anregungen

Dass Du dieses Büchlein in Deinen Händen hältst, bedeutet: Jemand hat an Dich gedacht und gratuliert Dir herzlich.

ISBN 978-3-941633-02-5

Unsere Minibücher

Zitate, Weisheiten, Anregungen

HERZLICH WILLKOMMEN
Zitate, Weisheiten, Anregungen

Welch schöneres Kompliment kann es geben, als dich willkommen zu heißen in meinem Leben.

ISBN 978-3-941633-00-1

IM HERZEN EIN MENSCH
Witzig, spritzig, hintergründig

Denn wer sich nicht mehr hetzen lässt, der wirkt als Mensch auch endlich echt.

ISBN 978-3-941633-45-2

INSPIRATIONEN
Gedanken zur Lebensfreude

Es geht nicht alles gerade im Leben, aber dies verschafft uns manch anderen Blickwinkel.

ISBN 978-3-941633-32-2

KOPF HOCH - DU SCHAFFST ES!
Zitate, Weisheiten, Anregungen

Auf jeden Fall schenkt dir dieses Büchlein jemand, dem es nicht egal ist, wie es dir geht...
Glaub an dich! Du schaffst es!

ISBN 978-3-941633-36-0

LEBEN LIEBEN
Gedanken zur Lebensfreude

Ausruhen, neue Kraft tanken, die Gedanken frei schweifen lassen, die Seele baumeln lassen, alles ausschwingen und spüren, was Lust auf Leben macht - bringt Glück.

ISBN 978-3-941633-44-5

LIEBE
Zitate, Weisheiten, Anregungen

Ein Rezept für Frieden auf der Welt – Liebe deinen Nächsten wie dich selbst.

ISBN 978-3-941633-17-9

MEHR... GLANZLICHTER
Best of: Mehr... Vom Kopf ins Herz

„Mehr... Glanzlichter" beinhaltet noch mehr spannende und inspirierende Tipps für den Leser.

ISBN 978-3-941633-43-8

TROST UND TRAUER
Zitate, Weisheiten, Anregungen

Trauer zu zeigen und dazu zu stehen, das ist wahre Stärke!

ISBN 978-3-941633-05-6

WUNSCHPERLEN
Gedanken zur Lebensfreude

Diese vielen guten Wünsche sind für Dich und kommen von Herzen.

ISBN 978-3-941633-34-6

GESCHENKBOX
mit Minibuch und persönlichem Gruß

Unsere Buchgeschenke sind persönliche Werbeträger mit Langzeitwirkung, werden immer wieder gerne zur Hand genommen, erinnern immer wieder an den Schenkenden und sind für jeden Geschmack, jede Altersgruppe, jede Gelegenheit das Richtige.

Größe: 144 mm x 144 mm x 23 mm
Klappkarte mit persönlichem Gruß, frei wählbares Minibuch.

PERSÖNLICHES BUCH
mit hauseigener Präsentation

Verschenken Sie Ihr persönliches kleines Büchlein mit Ihrer eigenen Unternehmens-Präsentation auf den ersten vier Seiten.

Gerne lassen wir Ihre Gestaltungwünsche professionell umsetzen - für einen perfekten, bleibenden Eindruck. Fragen Sie bei uns an!

www.menani.com

Minis international

in bis zu fünf Sprachen erhältlich

HIGHLIGHTS
Best of Out of the head and into the heart

„Highlights“ is a booklet containing inspiring and motivating thoughts. It brings a gleam in the eyes of each reader.

ISBN 978-3-941633-39-1

GIOIELLI
Best of Dalla mente al cuore

„Gioielli“ è un libricino con pensieri d'ispirazione e di motivazione. Esso fa brillare gli occhi di ogni lettore.

ISBN 978-3-941633-40-7

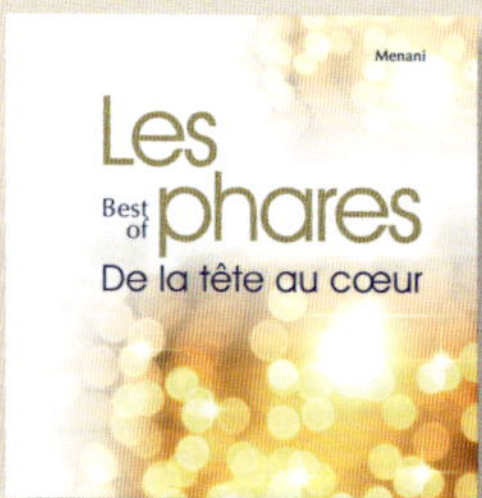

LES PHARES
Best of De la tête au cœur

« Les phares » est un petit livre avec des pensées inspirantes et motivantes. Il flatte les yeux de chaque lecteur.

ISBN 978-3-941633-41-4

SCHITTERLICHTEN
Het beste uit Van het hoofd in het hart

„Schitterlichten“ is een boekje met inspirerende en motiverende gedachtes. Het laat de ogen van iedere lezer schitteren.

ISBN 978-3-941633-42-1

Minis international

in bis zu fünf Sprachen erhältlich

THANK YOU
Quotations, Wisdom, Stimuli

Thank you – Life is a valuable treasure in an endless treasure chamber. The key to which is thankfulness.

ISBN 978-3-941633-18-6

GRAZIE
Citazioni, Saggezze, Spunti

Grazie - la vita è un tesoro prezioso in una sala del tesoro immensa. Una chiave per entrarvi è la gratitudine.

ISBN 978-3-941633-23-0

MERCI
Citations, Sagesses, Idées

Merci - est un trésor précieux dans un coffret inépuisable. Sa clé, la gratitude.

ISBN 978-3-941633-37-7

Highlight

DAS DOPPELBUCH
Zwei Bestseller in einem

Ein Buch mit zwei Büchern in einem Einband - ein ausgefallenes Geschenk für Menschen, die sich auf der Reise durchs Leben befinden

Specials

Kommunikationsbuch:
Kommunikation ist unser Leben

Wir tauschen Wissen, Meinungen und Gefühle aus und versuchen zuverstehen, was der andere denkt und fühlt. Ob im Beruf oder im alltäglichen Leben: Wir befinden uns ständig in Kommunikation mit anderen Menschen. Wir erleben jeden Tag, wie sichtig es ist, mit unserem Partner richtig zu kommunizieren, um eine harmonische Beziehung führen zu können. Im Beruf wollen wir ein gutes Miteinander mit unseren Kollegen und Mitarbeitern führen, an einem Strang ziehen, um erfolgreich sein zu können.

Willst auch du lernen, wie du besser mit deinen Mitmnschen kommunizierst, Missverständnisse, Streit und Diskussionen ganz einfach aus der Welt schaffen kannst und damit Harmonie und Lebensqualität gewinnst?

www.menani.com